◉ 四川省新农科研究与改革实践项目：基于学科融合的农村区域发展专业协同育人培养模式研究与实践
◉ 四川省高等学校第四批省级创新创业教育示范课程：参与式工作方法
◉ 成渝地区双城经济圈川南发展研究院项目：川南经济区乡村振兴问题研究
◉ 四川民族山地经济发展研究中心项目：共同体意识下凉山民族文化助推乡风文明建设的路径研究

倾情献智　授之以渔

——新时代四川轻化工大学定点扶贫纪实

王洪辉◎编著

中国农业大学出版社
·北京·

图书在版编目（CIP）数据

倾情献智　授之以渔：新时代四川轻化工大学定点扶贫纪实 / 王洪辉编著. —北京：中国农业大学出版社，2021.8

ISBN 978-7-5655-2618-3

Ⅰ.①倾…　Ⅱ.①王…　Ⅲ.①纪实文学—中国—当代　Ⅳ.①I25

中国版本图书馆CIP数据核字（2021）第188616号

书　名　倾情献智　授之以渔——新时代四川轻化工大学定点扶贫纪实

作　者　王洪辉　编著

策划编辑　康昊婷　　**责任编辑**　陈颖颖

封面设计　郑　川

出版发行　中国农业大学出版社

社　址　北京市海淀区圆明园西路 2 号　　**邮政编码**　100193

电　话　发行部 010-62733489, 1190　　读者服务部 010-62732336

编辑部 010-62732617, 2618　　出　版　部 010-62733440

网　址　http: // www.caupress.cn　　**E-mail**　cbsszs@cau.edu.cn

经　销　新华书店

印　刷　北京鑫丰华彩印有限公司

版　次　2021 年 8 月第 1 版　　2021 年 8 月第 1 次印刷

规　格　170 mm × 240 mm　　16 开本　　16.25 印张　　255 千字

定　价　98.00 元

作者简介:

王洪辉，男，1964年4月出生，四川省三台县人，中共党员，四川轻化工大学党委书记，教授，博士生导师，四川省学术和技术带头人后备人选。王洪辉同志长期从事复杂油气田勘探与开发研究，负责和主研国家攻关项目、省部级重点科技项目、横向协作项目40多项，编著出版了7本论著，在省级以上刊物公开发表论文40余篇；获得国家级教学成果二等奖1项，教育部科学技术进步二等奖1项，地质矿产部科技成果三等奖2项、四等奖2项，四川省优秀教学成果一等奖1项，四川省科技进步二等奖2项，四川省优秀教学质量三等奖1项，四川省哲学社会科学优秀成果三等奖2项，学校科技成果及教学成果一等奖3项、二等奖7项；获四川省大学生思想政治教育先进工作者、四川省普通高等学校毕业生就业工作先进工作者、四川省普通高校“十佳青年教师”提名奖等荣誉称号。

前言

中共中央总书记、国家主席、中央军委主席习近平2015年12月8日就机关企事业单位做好定点扶贫工作作出重要指示。他强调，党政军机关、企事业单位开展定点扶贫，是中国特色扶贫开发事业的重要组成部分，也是中国政治优势和制度优势的重要体现。支持服务贫困地区精准脱贫是四川轻化工大学（原四川理工学院）的历史使命，更是政治担当。四川轻化工大学深入学习贯彻习近平总书记关于扶贫工作的重要论述，自觉担当时代重任，按照党中央、国务院关于脱贫攻坚的决策部署，把定点扶贫作为重大政治任务落实抓好，在国家级贫困县甘孜州雅江县、宜宾市屏山县、凉山州布拖县和自贡市刘山乡开展定点扶贫，将高校特色优势与定点扶贫县发展短板相结合，从解决贫困地区群众关注的教育、医疗、产业发展入手，采用人才帮扶、智力帮扶、教育帮扶、科技帮扶、文化帮扶等模式，强化政治担当，创新帮扶模式，创新工作机制，提升帮扶质量，为精准脱贫工作贡献高校力量，取得了显著成效，实现了帮扶地区全面脱贫，为贫困地区经济社会可持续发展作出了积极贡献。

2015—2020年，四川轻化工大学党委先后选派10名干部到贫困地区挂职开展帮扶工作。在乌蒙山区、高原牧场、深山峡谷、丘陵农区中，都有扶贫干部忙碌的身影，他们带领贫困群众斩穷根、勇致富：通过产业发展、干部能力提升培训、以购代捐、消费扶贫等帮扶活动，助推贫困地区经济社会事业发展；组织师生到贫困地区调研咨询，形成调研报告或规划方案供贫困地区参考和使用，有力提升贫困地区的发展能力和发展活力；深入开展基层党建结对帮扶，大力开展“扶智、扶志”，提升贫困村发展内生动力；加强科技协同和创新，加大科技投入，让科技引领发展；开展教师教学能力提升培训，组织帮扶地在校学生到四川轻化工大学开展“走出大山

看世界　梦想起航之旅”活动，阻断贫困代际传递，强力支援甘孜州雅江县、宜宾市屏山县及该县书楼镇中坝社区（原中坝村）、凉山州布拖县、自贡市刘山乡实现“到2020年，在现行标准下贫困人口全面脱贫，贫困县全部摘帽”目标。四川轻化工大学把脱贫攻坚作为最大的政治责任、最大的民生工程、最大的发展机遇，深化认识，扎实作风，精准施策，提高成效，进一步增强决战决胜脱贫攻坚的责任感、使命感和紧迫感，推进定点扶贫工作落地落实。

2020年，在定点帮扶地区干部和乡亲们愚公移山的干劲和四川轻化工大学倾情扶贫扶智、扶志的奉献下，四川轻化工大学所帮扶的贫困县、贫困村顺利完成脱贫摘帽市（州）、省检，圆满完成了脱贫任务。在已经脱贫的地区，四川轻化工大学进一步夯实脱贫基础，防止返贫复困。

脱贫摘帽不是终点，而是新生活、新奋斗的起点。四川轻化工大学将按照“摘帽不摘责任、摘帽不摘政策、摘帽不摘帮扶、摘帽不摘监管”的要求，帮助定点帮扶地巩固脱贫攻坚工作取得的成绩，提升帮扶工作的针对性和时效性，为高质量打赢脱贫攻坚战、全面建成小康社会贡献高校的智慧和力量。

现在是脱贫攻坚与乡村振兴交会和过渡时期，四川轻化工大学将继续定点帮扶，深化认识，扎实作风，精准施策，提高成效，采取切实有效的措施，推进定点帮扶地区精准扶贫与乡村振兴的有效衔接，巩固脱贫攻坚成果，培育长效脱贫机制，与定点帮扶地区干部和乡亲们一起，促进农业农村优先发展，努力绘就乡村振兴的壮美画卷，朝着共同富裕的目标稳步前行。

参与定点扶贫的师生和社会各界人士很多，由于时间和精力限制，本书可能没有详尽反映，如有遗漏，在此表示歉意。谨向关心、支持扶贫事业的全校师生和社会各界人士表示衷心的感谢和崇高的敬意！

王洪辉

2021年3月6日

目录

第一章

定点扶贫缘起

习近平总书记吹响脱贫攻坚冲锋号

时间：2015 年 11 月 27 日

消除贫困、改善民生、逐步实现共同富裕，是社会主义的本质要求，是我们党的重要使命。全面建成小康社会，是我们对全国人民的庄严承诺。脱贫攻坚战的冲锋号已经吹响。我们要立下愚公移山志，咬定目标、苦干实干，坚决打赢脱贫攻坚战，确保到 2020 年所有贫困地区和贫困人口一道迈入全面小康社会。

——摘自习近平总书记《在中央扶贫开发工作会议上的讲话》

习近平总书记指示定点扶贫工作

时间：2015 年 12 月 8 日

党政军机关、企事业单位开展定点扶贫，是中国特色扶贫开发事业的重要组成部分，也是我国政治优势和制度优势的重要体现。做好新形势下定点扶贫工作，要深入贯彻中央扶贫开发工作会议精神，切实增强责任感、使命感、紧迫感，坚持精准扶贫、精准脱贫，坚持发挥单位、行业优势与立足贫困地区实际相结合，健全工作机制，创新帮扶举措，提高扶贫成效，为坚决打赢脱贫攻坚战作出新的更大贡献。

——摘自习近平总书记《机关企事业单位做好定点扶贫工作重要指示》

2015 年 12 月 14 日，中共四川省委积极响应，号召学校对口帮扶精准扶贫。

发挥高校优势，履行高校服务社会职能，创新扶贫方式，通过驻村帮扶、教育培训、科技指导、法律援助、志愿服务、就业创业、决策咨询、人才引进、产业规划等措施，全面覆盖“四大片区”88 个贫困县，因地制宜差别化帮扶，发挥优势精准扶贫，综合推进全面发展，实施对口帮扶精准扶贫，切实帮助贫困地区提高经济社会发展水平，提升脱贫致富能力，加快脱贫奔小康步伐。

——摘自《中共四川省委教育工作委员会　四川省教育厅关于发挥高校优势开展对口帮扶精准扶贫工作的指导意见》（川教工委〔2015〕26号）

四川轻化工大学（原四川理工学院）党委及时响应定点帮扶。为切实加强对深度贫困县对口帮扶工作的领导，帮助深度贫困县顺利打赢脱贫攻坚战，确保高标准、高质量地完成各项工作任务，四川轻化工大学党委全面部署发挥高校优势定点帮扶精准扶贫工作。2015年12月10日，校长汪明义带领组织部、服务地方工作处、校党委办公室和行政办公室相关负责人到国家级贫困县宜宾市屏山县，与县政府主要领导进行了驻村帮扶工作会商，就精准扶贫工作确定了框架合作模式、帮扶思路和实施步骤。2016年1月，学校派出1名副处级干部挂职宜宾市屏山县副县长，兼任宜宾市屏山县书楼镇中坝村第一书记。

第二章

学校定点扶贫工作总体概况

党的十八大以来，四川轻化工大学深入学习贯彻习近平总书记关于扶贫工作的重要指示精神，按照党中央、国务院关于脱贫攻坚的决策部署，根据四川省委、省政府及省委组织部、省委教育工委和省扶贫移民局的有关要求，把定点扶贫作为重大政治任务落实抓好，在扶贫路上践行使命责任，全力做好对口扶贫工作。党政领导直接抓，成立帮扶工作领导机构，充分发挥学校学科专业和人才智力优势，创新工作机制，多方筹措资源，汇聚力量，选派优秀干部，加大资金投入、智力支持、技术服务以及信息与政策指导，把工作目标瞄准建档立卡贫困户，将帮扶资金和措施落到贫困人口，授之以鱼、授之以渔，“输血”与“造血”结合，着力增强贫困地区“造血”功能，提高定点扶贫精准度和有效性，使贫困地区群众参与发展、自我发展、共享发展。四川轻化工大学在对口帮扶宜宾市屏山县书楼镇中坝村（现中坝社区）、甘孜州雅江县瓦多乡中古村、凉山州布拖县补洛乡补特村、自贡市沿滩区刘山乡（现并入永安镇）立志村方面取得了显著成效，使它们全面实现了脱贫，使贫困县区域经济协调融合发展，村民致富奔小康，早日建成幸福美丽的新村。

一、定点扶贫基本情况

2015 年以来，学校切实提高政治站位、强化责任担当，科学谋划，精准实施，帮助对口帮扶县全面提升经济、社会、教育、科技和文化发展水平，圆满完成各项帮扶任务，所帮扶贫困县和贫困村如期实现脱贫摘帽目标，2016 年被四川省委省政府评选为“全省脱贫攻坚‘五个一’帮扶先进集体”。

2015 年 12 月，学校成立了由党委书记和校长为组长的对口帮扶深度贫困县工作领导小组，全面负责脱贫攻坚工作的组织领导和研究部署。领导小组下设办公室，挂靠党委组织部，具体负责脱贫攻坚工作的联系协调和组织实施。学校先后与屏山、雅江两县签订了校县合作协议，结合帮扶地区实际，分别制订了对口帮扶实施方案《对口帮扶屏山县及书楼镇中坝社区实施方案》和《定点帮扶雅江县及瓦多乡中古村实施方案》并认真组织实施，确保了扶贫任务的顺利完成。此后，学校每年制订帮扶方案并严格落实。2016 年至 2020 年，学校先后召开党委常委会、校长办公会和领导小组会专题研究帮扶工作40余次，分管校领导召集相关部门研究讨论帮扶工作50余次；学校领导到扶贫点调研指导、督查督办扶贫工作70余人次，组织学校专家到贫困地区开展社会调研、法律援助、决策咨询服务等活动320余人次，先后选派10名干部到各扶贫点开展驻村（县）帮扶，确保了学校对口帮扶工作的有力推进。

二、定点扶贫机构及扶贫措施

（一）对口帮扶深度贫困县工作领导小组

2018年1月16日，为切实加强对深度贫困县对口帮扶工作的领导，帮助深度贫困县顺利打赢脱贫攻坚战，确保高标准、高质量地完成各项工作任务，四川轻化工大学党委决定成立对口帮扶深度贫困县工作领导小组，领导小组及成员名单如下：

组　长：王洪辉　党委书记
庹先国　党委副书记、校长

副组长：龚　敏　党委副书记
魏文彪　党委副书记、纪委书记
刘　康　党委常委、副校长
肖兴政　党委常委、副校长
颜　杰　党委常委、副校长
高小林　党委常委、副校长

成　员：党委办公室、党委组织部、党委宣传部、工会、团委、学生处、计财处、国资处、服务地方工作处、后管处、后勤服务总公司、管理学院、经济学院、马克思主义学院、美术学院等部门负责人。

领导小组下设办公室，挂靠党委组织部，具体联系协调各项帮扶任务。

（二）驻村帮扶机构

分管领导为党委书记王洪辉，承办部门负责人为党委组织部部长宋弘，联络员为党委办公室副主任刘丰荣。

（三）扶贫措施

1. 四川轻化工大学定点帮扶村贫困学子助学办法（试行）

四川轻化工大学
定点帮扶村贫困学子助学办法
（试行）

为贯彻落实习近平总书记的“扶贫必扶智、教育扶贫树根基”的精神，进一步做好我校定点帮扶贫困村（社区）贫困学子教育帮扶工作，教育是脱贫攻坚的强力抓手，是扶贫“造血”的根本途径，也是阻断贫困代际传递的有效方略。根据中共中央、国务院、省委省政府及省委教育工委、省教育厅有关脱贫攻坚工作的相关要求，结合我校及帮扶地实际，制定本办法。

一、助学范围及对象

由省委省政府相关单位和自贡市委市政府指定的定点帮扶贫困村（社区）经济困难的在读学子，具体为：宜宾市屏山县书楼镇中坝社区、甘孜州雅江县瓦多乡中古村和自贡市沿滩区永安镇立志村3个村（社区）中经济困难的在读学子，特别是建档立卡贫困户的在读学子。

二、助学方式

直接发放助学金。就读同一阶段的家庭经济困难学生原则上申请一次助学金。经费从扶贫专项支出。

三、助学方案

（1）考取本科，助学金2 000元；

（2）考取专科，助学金1 000元；

（3）中学（含普通高中、职高、中专、初级中学）助学金600元；

（4）小学助学金400元。

四、助学程序

由学生自己向所在村（社区）党支部申请，填写“四川轻化工大学定点帮扶村助学审批表”并提供录取通知书，不能提供录取通知书的，提供所在学校出具的在读证明。学校定点帮扶工作领导小组办公室每年9月至10月对确定助学的学子颁发助学金。

附件：四川轻化工大学定点帮扶村助学审批表

四川轻化工大学定点帮扶村助学审批表

申请人姓名		性别	年龄	
家庭地址				
家庭成员基本情况				
姓名	与申请人关系	性别	年龄	读书或就业情况
申请理由				
村（社区）审批意见				
扶贫办审批意见				
扶贫工作领导小组意见				

2. 四川轻化工大学对口帮扶贫困户临时救助管理办法（试行）

四川轻化工大学
对口帮扶贫困户临时救助管理办法
（试行）

为贯彻落实习近平总书记在2020年全国决战决胜脱贫攻坚座谈会上的讲话精神，进一步做好我校对口帮扶贫困村（社区）贫困户帮扶工作，严格落实“摘帽不摘责任、摘帽不摘政策、摘帽不摘帮扶、摘帽不摘监管”的要求，根据中共中央国务院、省委省政府及省委教育工委、省教育厅有关脱贫攻坚工作的相关要求，结合我校及帮扶地贫困户帮扶实际，制定本办法。

一、救助范围

由省委省政府相关单位和自贡市委市政府指定的结对帮扶贫困村（社区）居民，具体为：宜宾市屏山县书楼镇中坝社区、甘孜州雅江县瓦多乡中古村和自贡市沿滩区永安镇立志村3个村（社区）的居民。

二、救助对象

脱贫不稳定户、边缘易致贫户以及因疫情或重大疾病等其他原因收入骤减或支出骤增户。具体有：

（一）人均年纯收入处于国家规定当年脱贫标准的边缘户；

（二）因重大疾病、慢性病和残疾等原因造成的贫困户；

（三）“一超六有”脱贫指标未达标贫困户；

（四）因家庭主要劳动力失业造成无经济来源的返贫户；

（五）因家庭农副产品滞销造成的收入锐减贫困户；

（六）因其他特殊原因导致收入锐减或支出骤增户。

三、救助方式

根据致贫原因和致贫程度，可采取帮助就业、以购代捐或直接发放救助金等方式进行救助，救助金额最高为5 000元，最低为1 000元。同一贫困户每年只能申请一次救助金帮扶方式，但可同时申请其他救助方式。

四、救助程序

符合救助条件的贫困户，填写“四川轻化工大学对口帮扶贫困户临时救助审批表”，填写救助方式等相关信息后，由贫困村（社区）党支部审批同意后，交学校对口帮扶工作领导小组办公室审批实施。

附件：四川轻化工大学对口帮扶贫困户临时救助审批表

四川轻化工大学对口帮扶贫困户临时救助审批表

<table>
<tr><td>申请人姓名</td><td></td><td>性别</td><td></td><td>年龄</td><td></td></tr>
<tr><td>家庭地址</td><td colspan="5"></td></tr>
<tr><td colspan="6">家庭成员基本情况</td></tr>
<tr><td>姓名</td><td>与申请人关系</td><td>性别</td><td>年龄</td><td colspan="2">读书或就业情况</td></tr>
<tr><td></td><td></td><td></td><td></td><td colspan="2"></td></tr>
<tr><td></td><td></td><td></td><td></td><td colspan="2"></td></tr>
<tr><td></td><td></td><td></td><td></td><td colspan="2"></td></tr>
<tr><td></td><td></td><td></td><td></td><td colspan="2"></td></tr>
<tr><td></td><td></td><td></td><td></td><td colspan="2"></td></tr>
<tr><td>致贫原因</td><td colspan="5"></td></tr>
<tr><td>救助方式</td><td colspan="5"></td></tr>
<tr><td colspan="3">村（社区）审批意见</td><td colspan="3"></td></tr>
<tr><td colspan="3">扶贫办审批意见</td><td colspan="3"></td></tr>
<tr><td colspan="3">扶贫工作领导小组意见</td><td colspan="3"></td></tr>
</table>

三、定点扶贫成效

（一）提升基层党建工作水平，夯实党的执政根基

组织开展“城乡党建结对共建”活动，确定应用技术学院党总支和机关三党总支分别与中古村和中坝社区党支部开展结对共建。直接投入 85 万元建成屏山县中坝社区党群服务中心，捐资 6 万元完善雅江县瓦多乡及中古村党建文化设施设备，划拨专用经费 6 万元用于结对共建日常工作。先后 16 次到村开展城乡党建结对共建活动，开展党的路线方针政策、强农惠农政策和法律宣传等培训，指导贫困村党支部制订“三会一课”工作方案并严格落实，组织村干部外出参观调研交流学习 200 余人次，培养入党积极分子 6 人、村两委后备干部 12 人、党员致富带头人 5 人，帮助贫困村实现集体经济收入 15 万元，提升了贫困村党建工作水平，使基层党组织的政治功能和服务功能进一步强化。

（二）统筹协调扶贫项目资金，力所能及地提供钱物支持

5 年来，全校师生员工和单位捐款捐物累计折合人民币近 200 万元，以购代捐购买贫困地区农特产品近 280 万元，号召社会爱心人士捐款捐物折合人民币 12 万元，动员校友企业销售农特产品 43 万元，制定并实施《对口帮扶贫困户临时救助管理办法》，使贫困村基础设施建设不断完善，村集体经济不断发展，贫困户生产生活质量不断提升。此外，投入 670 万元开展干部、教师培训；投入 15 万元开展“走出大山看世界　梦想起航之旅”游学活动；投入 61 万元组织开展大学生暑期“三下乡”活动；投入 26 万元组织专家到各扶贫点开展社会调研、工作督导、法律援助等工作，全力保障各项帮扶任务的顺利完成。

（三）发挥人才优势，开展干部、教师等专业人才培训

先后组织屏山和雅江县各类干部、教师培训班共 38 期，累计 1 504 课时，共有 2 000 余人次参加了培训，帮助贫困县培养信念坚定、为民服务、

勤政务实、敢于担当、清正廉洁的干部队伍和业务精湛、乐于奉献、扎根基层的优秀教师队伍。接收 4 名雅江县干部到校挂职培养锻炼，提升其业务能力和政治水平。

（四）发挥智力优势，持续开展决策咨询服务

针对屏山县“一纺、二硒、三旅游”发展战略，组织专家团队深入该县开展农产品系统全面检测，制定了四川省（宜宾市）地方标准《富硒农产品硒含量要求》（DB5115/T 17—2020），编撰《屏山县富硒产业发展“十四五”规划》，为该县发展富硒产业奠定了基础；针对屏山县水果发展实际，组织专家团到屏山县相关乡镇实地考察，与屏山县凉露酒业联合申报农业农村领域重点研发项目“高附加值农产品精深加工——屏山县茵红李果酒生产关键技术研究与示范”，在全国中文重点核心期刊《食品与发酵工业》发表科研论文《山葡萄酒发酵动力学及抗氧化活性研究》，为屏山县果酒产业发展提供了技术支持；针对中坝村水库修建和自然资源状况，按照 AAA 级乡村旅游景区要求，组织专家团队制定了《中坝村旅游扶贫专项规划》，为村镇第三产业发展提供规划建议；组织学校法律专家到贫困地区开展普法教育、法律援助和法律宣传 15 次，捐赠法律等专业书籍 1 200 余册，有力地提升了贫困地区的依法执政水平和司法人员的专业水平。

（五）加强教育引导，全力阻断贫困代际传递

邀请 200 余名贫困学生到校开展“走出大山看世界　梦想起航之旅”游学活动 5 期，拓宽其视野，增强其爱党爱国情怀，坚定其用功读书的信心和决心。100% 完成“国家专项”等特殊类型招生 257 名，深入生源地相关单位和贫困生家中考察调研，制订专门培养方案，聚全校之力做好培养工作。积极开展贫困毕业生就业帮扶，建立并落实“一对一”帮扶机制，使贫困生就业率达 92%。组织专家到雅江中学和屏山中学开展招生政策宣讲，做好学生心理疏导，提升学生战胜高考的信心；授予屏山中学“优质生源基地”称号，推动双方合作，实现合作双赢；全力做好控辍保学工作，印发《定点帮扶村贫困学子助学办法》，资助学生 33 人，使扶贫点没有适龄学生辍学情况，有近 20 名学生考入相关中学继续学业。

（六）强化科技支撑，助推特色产业发展

成立大学科技园（屏山）创新创业中心，建成四川轻化工大学（屏山）科技服务中心展厅，选派 1 名博士到屏山县开展创新创业和科技对口帮扶工作。先后组织专家到屏山县农民工创业中心开展面对面辅导、参与《屏山县“十四五”科技创新计划规划》编制工作、开展创业沙龙“屏山行”、举办“科技部定点扶贫县电商致富带头人培训”等活动，受到科技部和屏山县的充分肯定。帮扶屏山县农副产品加工企业香轩园发展产业，销售总额达到 2 400 万元；助推屏山县富硒产业发展和园区企业发展，为屏山富硒农产品硒含量检验检测持续提供技术服务，组织学校专家协助屏山县成功申报 2020 年中央引导地方科技发展专项扶贫类项目“屏山县富硒产品公共服务平台及示范基地建设项目”，获得项目经费 130 万元。动员学校科研人员创办甘孜州康定蓝逸高原食品有限公司，开展高原食品产业发展研究，筹建成立高原食品产业研究院；组织专家团队为雅江县 28 种农牧林特产品进行外包装设计，帮助其在众多竞争品牌中脱颖而出，实现利润 300 万元，赢得了雅江县的高度肯定。帮助中坝社区争取产业发展资金 100 万元，新建肉兔养殖场，建筑面积 1 200 $米^2$；新建小型果蔬烘干房，建筑面积 80 $米^2$，有效地解决了农副产品旺产时期的销售困难。与屏山县工业园区相关企业就产业升级、技术改进、新产品研发等方面开展合作项目 12 项，目前相关项目发展顺利，实现经济效益 350 万元。

（七）开展大学生暑期“三下乡”活动，推进乡风文明建设

先后组织 32 支共 260 余人的大学生暑期社会实践团队到贫困地区开展大学生暑期“三下乡”活动，宣传国家乡村振兴战略、法治建设和开展文艺演出等活动，提升科技文化氛围，树立现代文明理念，推进乡风文明，增强了贫困地区的发展活力和动力。在团中央学校部、团中央青年发展部、中国青年报等单位组织的“镜头中的三下乡”“奋斗中国梦 · 实践致青春”等活动中，先后有 17 支团队、26 人次获国家级奖项 43 项，有 3 名队员被团省委表彰为“优秀青年志愿者”，有 6 名队员被评为市级“优秀青年志愿者”。

四、典型经验

（一）整合全校资源，形成帮扶合力

学校党委始终把定点帮扶工作作为重大政治任务来抓，整合全校资源，做好顶层设计，分解扶贫任务，严抓责任落实，坚持党政同心，奋力搭建定点扶贫工作组织领导工作机制，形成了“领导班子主责，扶贫办主推，各学院、部门主帮，驻村干部主干”的工作格局，尤其注重将扶贫工作与各部门、各学院业务工作“同谋划、同部署、同实施”，全力调动学校师生员工的积极性和主动性，形成强大帮扶合力，为顺利完成帮扶任务打下了坚实基础。

（二）科学分析优势，精准实施帮扶

定点帮扶之初，学校组织专家团队分赴屏山县和雅江县深入调查研究，全面摸底贫困地区经济社会事业发展现状，结合学校人才、智力和科技优势，确定了“以解决制约问题为重点，以帮扶项目和到村帮扶措施为抓手，以补短板为突破口，以抓党建促脱贫攻坚为组织保障”的帮扶思路，精准制订扶贫方案，深入开展干部及教师培训、决策咨询服务、科技文化支撑和贫困学生游学等帮扶活动，并根据帮扶任务进展情况，每年调整制订帮扶方案，精准帮扶、精准施策，务求取得实效。

（三）抓好驻村干部，完成帮扶任务

学校坚持“政治第一，优中选优”的原则选派驻村（驻县）干部，严格执行驻村干部相关管理规定。同时，加强对扶贫干部的关心关爱，在政治上激励、在工作上支持、在待遇上保障、在心理上关怀，先后发放驻村干部伙食补助、高海拔乡镇临时岗位补贴等各项补助补贴 50 余万元，提拔扶贫干部 2 名，造就了一支“素质过硬、敢打敢拼，沉于基层、甘于奉献”的扶贫队伍，确保了帮扶任务的高质量完成。

第三章

定点扶贫大事记

2015 年 12 月 10 日，校长汪明义带队到宜宾市屏山县商谈驻村帮扶工作

为认真做好驻村帮扶工作，根据四川省委组织部的要求，校长汪明义带领组织部、服务地方工作处、校党委办公室和行政办公室相关负责人于 2015 年 12 月 10 日到宜宾市屏山县，与屏山县领导及扶贫移民局等单位的负责同志进行了驻村帮扶工作会商。

屏山县位于四川盆地南缘、宜宾市西部，地处进出大小凉山咽喉之地，金沙江、岷江穿越全境，是国家级扶贫开发工作重点县和乌蒙山片区重点县、向家坝水电站库区移民县、边远山区县、少数民族待遇县、长江上游生态保护屏障县。

汪明义校长一行查看屏山县书楼镇中坝村

汪明义一行与屏山县领导就精准扶贫工作进行了深入探讨交流，达成了一致意见，并对校县之间开展产、学、研、用全面合作初步确定了框架合作模式。

会商之后，汪明义一行还实地考察了拟进行驻村帮扶的屏山县书楼镇中坝村，现场拟定了帮扶思路，并明确了实施步骤。

2016年1月24日，我校15个部门负责人到自贡市沿滩区刘山乡立志村看望慰问贫困户

2016年1月24日至25日，受学校委托，我校党委组织部、党办校办、党委宣传部、人事处等15个部门的负责人分赴沿滩区刘山乡立志村，看望慰问由我校负责帮扶的15户贫困户，了解贫困户的生产生活情况，共商脱贫致富计划，初步拟定脱贫致富项目，并为每户贫困户送去春节慰问金500元。同时，为改善该村办公条件，提高办事效率，学校还为该村捐赠液晶电脑2台，打印机1台。

根据自贡市委安排，我校被确定为省级建档立卡贫困村——沿滩区刘山乡立志村的精准扶贫责任单位，并确定了15户贫困户为我校帮扶对象。为切实做好精准扶贫工作，帮助该村顺利实现2016年摘帽的脱贫计划，我校派出了党办校办秘书科科长刘丰荣同志担任驻村帮扶工作组副组长，与驻村帮扶工作组一起，共同联系协调该村精准扶贫的各项工作。目前，学校已捐资10万元，成立了刘山乡立志村精准扶贫种养殖业发展基金会，为该村贫困户提供免息、免担保、免抵押信用借款，帮助其发展种养殖业，以顺利脱贫致富；同时，为保证我校帮扶贫困户脱贫质量，使贫困户具备可持续发展的能力，学校将15户贫困户分配到了15个机关部门，由每个部门负责帮扶1户贫困户。

在立志村今后的精准扶贫工作中，学校将充分利用人才、科技、资金等优势，在前期精准识别的基础上，结合该村产业发展、人口结构、基础设施等现状，做好精准施策各项工作，最终使该村实现精准脱贫。

2016年1月26日，我校与宜宾市屏山县签订校地战略合作协议

2016年1月26日下午，学校在行政楼4楼会议室举行“四川理工学

院与屏山县人民政府战略合作协议”签字仪式。我校党委书记汪明义、副校长肖兴政，组织部、党委办公室、行政办公室、服务地方工作处、科技处相关负责人，屏山县领导，县政府办、县经济商务信息化和科学技术局、县扶贫移民局相关负责人共同出席了签字仪式。签字仪式由学校党委组织部部长钱晓主持。

汪明义校长在签字仪式上致辞

会上，汪明义对屏山县领导一行来校出席签字仪式表示热烈欢迎，他向来宾们介绍了学校的办学历史、学科特色以及在服务地方、精准扶贫方面的思路和具体措施。他特别强调高校应该引领社会，四川理工学院应该成为川南人民心目中的“精神家园”。他表示学校将按照中央和四川省精准扶贫的要求，保质保量地完成驻村帮扶任务，希望学校与屏山县的合作能成为校地合作的典范。

副校长肖兴政和屏山县副县长裴新亮代表双方在协议上签字。

2016 年 3 月 22 日，党委副书记龚敏带队向屏山县中坝村及小学捐赠物资

2016 年 3 月 22 日，由我校党委副书记龚敏带队，组织部、监察处、学生处、后勤管理处、基建处负责人一行深入宜宾市屏山县书楼镇中坝村，为照中小学捐赠计算机、桌椅、投影仪等设备，为中坝村捐赠音响等设备。

“是电脑！”“有投影机，可以看视频了！”照中小学的孩子们看到捐赠的物资，天真的面庞流露着无比的喜悦。“感谢四川理工学院对山区儿童的关爱，你们的善举，为培养孩子们的基本技能，开拓孩子们的视野，提供了坚实基础。这不仅是物质的帮助，更是宝贵的精神财富！”照中小学校长激动地说。

四川理工学院向照中小学、中坝村捐赠物资仪式现场

校党委副书记龚敏代表学校捐赠设备

捐赠仪式上，屏山县委副书记刘毅，副县长裴新亮，我校挂职屏山县锻炼的副县长王红旗，县教育局局长，书楼镇、中坝村党政负责人，照中小学全体师生对学校捐赠的价值 10 万余元的物资表示深切感谢。

根据省委干部驻村帮扶工作的统一安排，我校被确定为宜宾市屏山县书楼镇中坝村的对口帮扶单位。为切实做好中坝村精准扶贫工作，实现全村 2019 年摘帽的脱贫目标，2015 年 12 月，我校党委书记汪明义带队到村进行了实地考察和具体商谈，初步拟定了改善照中小学办学条件、修建中坝村多功能服务中心、建立现代农业发展基地、发展乡村旅游、安置移民、组织大学生支教等具体帮扶规划。

2016 年 3 月 22 日下午，龚敏及学校相关部门负责人对中坝村多功能服务中心的选址、规划、设计，以及中坝村合作社种养殖品种进行了实地考察，并对具体事宜进行了商洽。龚敏表示，四川理工学院将充分发挥高校的科技、智力优势，配合中坝村的发展需要，实实在在给村里提供帮助，

校党委副书记龚敏一行实地考察中坝村

校党委副书记龚敏一行与屏山县领导座谈

带动大家实现脱贫致富的梦想，推动全村的经济发展。

座谈中，中坝村两委负责人对学校给予的帮助表示感谢，他们纷纷表示，在政府的关心和学校的帮助下，村民的日子一定会越过越好。

2016 年 6 月 1 日，大学生艺术团赴屏山县开展庆“六一”文艺汇演活动

2016 年 6 月 1 日，屏山县学苑街小学的操场上音乐阵阵、掌声连连，现场气氛十分热烈，我校大学生艺术团来到屏山县，与学苑街小学联合开

屏山县学苑街小学校第四届“艺术节”暨庆“六一”文艺汇演（一）

屏山县学苑街小学校第四届“艺术节”暨庆“六一”文艺汇演（二）

展“艺术浸润心田，尚美点亮人生”的文艺汇演。

上午 8:30，活动正式开始，精彩纷呈的节目接连上演。一套动感十足、节奏明快的健美操立刻吸引了小朋友们的目光，带动起全场的气氛；表演舞蹈《博客颂》《画廊》的姑娘和小伙子们，穿一袭民族服装，婀娜矫健的舞姿照亮了舞台；独唱《龙文》、二胡独奏《战马奔腾》把活动推向高潮，赢得了观众的热烈掌声。整场演出，我校表演的 5 个节目内容丰富，形式多样，展示了我校大学生的艺术功底和团队创作能力，点亮了我校为精准扶贫对口县送文化艺术演出的舞台。

当天，屏山县副县长王红旗、县委县政府各级领导和学苑街小学师生观看了演出。参加演出的同学纷纷表示，借助这样的平台，并通过自己的一技之长，在“六一”为我校精准扶贫对口帮扶的屏山县的小朋友们展示精彩的节目表演，既能丰富当地孩子们的文化生活，又能展示自我，同时作为社会实践的一种形式，这次屏山行可以让自己体验社会，提高自己学以致用的能力，培养团结协作的精神和吃苦耐劳的意志。

本次文艺汇演是我校多项精准扶贫举措中的一项“文化扶贫”活动，旨在充分利用高校自身独有的文化优势丰富广大群众的精神文化生活。

2016 年 7 月 14 日，我校举行屏山县中坝村扶贫援建项目奠基仪式

2016 年 7 月 14 日，闷热的川西南大地喜降大雨。宜宾市屏山县书楼镇中坝村山涧内一处工地上的横幅鲜亮醒目，村民翘首盼望。泥泞难行的施工现场无法阻挡村民们的热情，因为由我校资助建设的多功能服务中心即将在此开工奠基。该中心建成后，将集村民超市、文化室、卫生室、电商中心、便民服务室、感恩奋进厅等功能为一体，为村民的生活、学习提供诸多便利。

屏山县书楼镇中坝村多功能中心奠基仪式现场

作为精准扶贫对口帮扶单位，学校党委高度重视屏山县中坝村的脱贫攻坚工作。2015年12月，在党委书记汪明义到屏山县商谈帮扶工作后不久，学校党委决定捐赠10万余元物资改善照中小学办学条件，开展旅游建设规划，为中坝村打造乡村旅游合理布局，协同其建立现代农业发展基地，引领村民脱贫致富，通过大学生支教“一对一”开展教育扶贫等。同时，校党委决定捐资50万元，结合中坝水库移民搬迁、村民新村聚居点建设发展修建一个多功能服务中心，积极推进中坝村精准扶贫工作进程。受学校党委委托，校长庹先国、党委副书记龚敏、副校长肖兴政参加该中心奠基仪式。

庹先国在奠基仪式上代表学校党政和全校师生向驻村干部和中坝村的父老乡亲表示亲切问候。他说，中坝村多功能服务中心的建立，是四川理工学院3万余名师生的心意，希望该中心早日建成，帮助村民们改善生活条件。他指出，四川理工学院正与屏山县委、县政府开展全方位的合作，学校将利用科技优势和人才优势，致力于科技扶贫，带领中坝村在乡村建设与规划方面走出一条新的路子。他强调，中国的农村要走向富裕，就要提高村民的教育水平，学校会有不少志愿者陆续来到这里开展教育扶贫。他相信在党和各级政府的关心指导下，在四川理工学院的倾力帮助下，中坝村脱贫致富的道路会越走越顺畅，中国农村的发展会越来越美好。

校长庹先国在奠基仪式上致辞

扶贫攻坚，风雨无阻。大雨中，校领导庹先国、龚敏、肖兴政与屏山县各级领导一同，为多功能服务中心铲土奠基。

奠基仪式由屏山县副县长、我校行政办副主任王红旗主持。参加奠基仪式的还有我校党委组织部、宣传部、校行政办、基建处主要负责人，屏山县委组织部、发改局、财政局、国土局、住建局等的领导。

奠基仪式结束后，庹先国一行前往屏山县政府智慧屏山指挥中心，就双方在更多领域开展项目合作进行了进一步会谈。

2016年8月16日，党委书记汪明义为屏山县书楼镇大学生做专题报告

2016年8月16日上午，我校党委书记汪明义教授来到学校精准扶贫的宜宾市屏山县书楼镇，为该镇50余名考上大学的新生和在读大学生义务做了专题报告。报告以“如何度过大学时光”为题，围绕“大学是什么、为什么要上大学、怎样度过大学时光”3个问题展开，为学子们上了生动一课。报告由书楼镇镇长彭瑞敏主持。

校党委书记汪明义做“如何度过大学时光”专题报告

校党委书记汪明义激情高昂地演讲

为阐释大学是什么，汪明义教授回顾了大学的起源和发展历程。他认为大学是一类特殊的社会组织，是储藏知识、传播知识、创造知识的地方；大学是探求新知、追求真理、传承文明、培育新人、引领社会的地方；大学是科技革命的动力站。他希望即将进入大学的学子，一定要从大学这个组织的本质特征出发，深入思考大学是什么，这样才能为未来的

大学生活奠定良好的基础。

对于为什么要上大学，在座的学生充分发表了看法。汪明义教授认为：年轻人在未来的人生道路上，将会遇到很多挑战和很多难题，这都需要增加知识、提升素质、培养能力，而上大学就是提升自己、实现自己人生梦想的重要途径之一。

对于如何度过大学时光，汪明义教授给学子们提出了几点希望。一是作为贫困山区的农家孩子，一定要勇敢地承认自己是“农家的孩子”，不要贪图虚荣，更不要自卑，要脚踏实地地学习、生活，珍惜大学时光，博览群书、开阔眼界、增长见识。二是要认真规划自己的大学生涯，要有远大的理想、明确的目标、可行的计划、坚定的行动和持久的毅力。三是要按照“三心四能五结合”的要求，把自己锻炼成为社会所需要的复合型应用人才。“三心四能五结合”的要求指的是要有高度的责任心、持续的进取心和强烈的好奇心；要锻炼自己的表达能力、动手能力、创新能力和和谐能力；要做到社会担当与健全人格结合、职业操守与专业能力结合、人文情怀与科学精神结合、历史眼光与全球视野结合、创新精神与批判思维结合。四是为让自己的潜能浮出水面、个性得到张扬，在大学里面除了日常学习外，要注意以下几点：每学期在班上进行一次总结，汇报自己的学习和工作、生活；每年为父母、老师分别撰写一封书信，向他们汇报学习成果和

汪明义校长一行与书楼镇参会学生合影

成长经历；要经常去图书馆阅读经典、到体育场地锻炼身体、在报告厅聆听讲座；每学期至少参加一次公益活动、一次社会实践活动、一项创新创业活动，至少加入一个社团。

两个小时的报告，引起了学子们的热烈谈论。来聆听的大部分都是刚刚考上大学的新生，本次报告使他们对大学不再感到迷茫，对大学生活有了初步认识，对他们今后的成长将有极大的促进作用。许多学子表示，一定要牢记汪教授的教导，珍惜大学时光，学到真本领、增长新见识，成为一个对家庭、对社会有用的人。

2016 年 9 月 22 日，党委书记汪明义到刘山乡立志村调研精准扶贫情况

党委书记汪明义一行调研刘山乡立志村精准扶贫情况

2016年9月22日上午，我校党委书记汪明义到学校精准扶贫的沿滩区刘山乡立志村，专题调研精准扶贫情况。

汪明义书记向立志村第一副书记钟晓莉详细询问了立志村的基本情况、未来规划，实地查看了花椒种植、生态猪养殖等的现状，了解精准扶贫开展情况。在了解到立志村的部分农畜产品和农副产品销路不畅时，汪书记表示学校会尽最大努力助销，并立即安排学校相关部门落实。

汪明义书记指出，立志村的村民要脱贫，第一，要“立志”，虽然学校会从物质上进行支援，但更重要的是村民要立志，要有脱贫致富的主观能动性，要有摆脱贫困的信心和斗志；第二，要做好规划，因地制宜，把立志村的特色产业优势做大做强，带动和提升农户的生产经营能力；第三，要加强培训，一方面要引进技术，特别要加强农畜产品技术经验的引进，

另一方面要不断吸收其他村镇的先进经验，确保脱贫任务顺利完成。最后，汪明义书记表示，实现精准扶贫、全面脱贫是全面建成小康社会建设的重要一环，四川理工学院将依托自身资源加大对立志村的扶贫支持力度，从农产品收购、村集体经济发展等方面提供更大的支持。

学校党办主任张永锋、组织部部长钱晓、精准扶贫驻村书记刘丰荣陪同调研。

2016年9月27日，屏山县中坝村首批无公害蔬菜运抵校园

2016年9月27日清晨，一辆满载新鲜蔬菜的大货车抵达我校学生食堂，运达的3 500余公斤南瓜和2 000余公斤冬瓜正是我校精准扶贫对口帮扶的屏山县中坝村送来的首批天然无公害蔬菜。从今天起这些生态菜将正式走上理工师生的餐桌。

作为精准扶贫对口帮扶单位，学校党委高度重视屏山县中坝村的脱贫攻坚工作，先后开展捐赠10万余元物资改善照中小学办学条件，通过旅游建设规划为中坝村打造乡村旅游合理布局，协同中坝村建立现代农业发展基地引领村民脱贫致富等活动。2016年7月，学校捐资50万元，结合中坝水库移民搬迁、村民新村聚居点建设发展修建多功能服务中心，积极推进中坝村精准扶贫工作进程。

此次学校与中坝村源升泰农民种植养殖专业合作社进行合作，以农业产业引导为突破口，依托大学生与高校教师消费市场这一优势，较好地解决了山区贫困户面临的缺钱、缺销售渠道等困难。下一步学校还将把中坝村各类特色生态农产品作为消费商品，

屏山县中坝村首批无公害蔬菜运抵校园

集中采购到学校，供应给教师和学生食堂；同时，帮助中坝村树立生态蔬菜产品品牌，为下一步走向市场打下基础，为贫困农户实现可持续增收。

2016年11月24日，党委书记汪明义到屏山县中坝村慰问贫困户

根据四川省委、省政府“走基层、送温暖”的要求，2016年11月24日，党委书记汪明义率队到学校精准扶贫对口帮扶单位宜宾市屏山县中坝村看望慰问贫困户，为贫困户送去棉被和棉衣，把四川理工学院的温暖传递到他们的手中。

党委书记汪明义在屏山县中坝村慰问贫困户

党委书记汪明义在屏山县中坝村分发扶贫物资

立冬过后，气温陡然降了很多。早上8点，汪明义书记带领党委工作部负责人钱晓、党办主任张永锋、组织部副部长何泽彬从学校出发，直奔屏山方向。一行人沿着蜿蜒崎岖的盘山公路一路颠簸，终于到达了目的地中坝村。刚到村口，汪明义就下车同当地村民亲切交谈，询问了解他们的生活状况，并实地考察了学校捐建的中坝村多功能厅的工程进度情况。

在我校挂职干部、屏山县副县长王红旗的引导下，汪明义深入贫困户家中，了解他们的家庭、生活情况，并亲手送上棉被和棉大衣，叮嘱他们注意保暖，祝愿他们度过一个温暖愉快的冬天，来年有更好的收成。

在随后召开的村民大会上，汪明义发表了深情的讲话，他代表学校全校师生向中坝村村民们送去诚挚的问候和祝福，并宣传了以习近平同志为

核心的党中央的系列政策和惠农措施。他说，人要有一颗感恩的心，党和政府的政策好，我们的日子越来越好，我们要懂得感恩。在与家人和邻里乡亲的日常相处中，我们也同样需要一颗感恩的心，生活因为感恩而美好。希望乡亲们勤俭持家，以实际行动培养带动后代，为下一辈树立好的榜样。他还语重心长地激励农村娃勤奋学习，用知识改变命运，用知识建设美丽的家乡。他说，只有勤俭才能持家，只有勤劳才能致富。希望乡亲们团结一心，用勤劳的双手共建美好的家园，共筑美好的未来。

2017 年 4 月 20 日，党委副书记、纪委书记魏文彪到宜宾市屏山县中坝村督察我校精准扶贫工作

2017 年 4 月 20 日上午，党委副书记、纪委书记魏文彪带队到学校精准扶贫的宜宾市屏山县书楼镇中坝村，专题调研督察我校精准扶贫工作。

屏山县副县长王红旗、屏山县书楼镇党委书记罗代奇分别就书楼镇中坝村的现状、定位、规划、脱贫进展、目前困难等情况向魏文彪一行做了详细汇报。

魏文彪指出，从“扶贫”到“脱贫”，一字之差，寓意深刻。书楼镇中坝村应深挖自身的文化底蕴，打造品牌价值，充分运用“互联网 +”等现代宣传手段，早日实现脱贫。四川理工学院也将用实际行动认真践行高等学校的社会责任，兑现对四川省委的庄严承诺，为脱贫奔小康贡献应有的力量。

学校党委工作部部长钱晓、组织部部长宋弘、工会常务副主席杜鑫、监察处副处长董巍陪同调研。

党委副书记、纪委书记魏文彪在屏山县书楼镇中坝村督察扶贫工作

2017 年 4 月 23 日，我校被四川省委、省政府评为全省 2016 年脱贫攻坚“五个一”驻村帮扶先进单位

据 2017 年 4 月 23 日《四川日报》报道，我校获四川省委、省政府通报表扬，被评为全省 2016 年脱贫攻坚“五个一”驻村帮扶先进单位。四川省委、省政府对全省 11 501 个贫困村的联系领导、帮扶单位、第一书记、驻村干部、驻村农技员（简称“五个一”）中表现优秀的 200 个先进帮扶单位予以通报表扬。

2016 年，我校深入学习贯彻习近平总书记扶贫开发战略思想，认真贯彻四川省委、省政府精准扶贫、精准脱贫决策部署，以强烈的政治责任感和历史使命感，把对口帮扶的屏山县书楼镇中坝村和自贡市沿滩区刘山乡立志村脱贫攻坚作为头等大事，采取有力措施扎实推进“六个精准”“五个一批”落地落实。在学校相关部门及广大教职员工的支持下，我校派出的驻村干部主要围绕建强基层组织、推动精准扶贫、为民办事服务、提升治理水平、发展集体经济 5 个方面开展了大量卓有成效的工作。

学校将按照省委、省政府的要求，珍惜荣誉、再接再厉，牢记党和人民的重托，以更加昂扬的斗志和更加务实的作风，把驻村帮扶工作往深里做、往实处抓，以“绣花”功夫推进精准扶贫、精准脱贫，为打赢脱贫攻坚战作出新的更大贡献。

2017 年 5 月 27 日，校长庹先国带队到屏山县开展文化宣传阵地建设专项捐建

2017 年 5 月 27 日上午，校长庹先国带队到屏山县，为我校 2016 年捐建的书楼镇中坝村党群服务中心后续文化宣传阵地建设进行专项捐建，党委办公室、组织部负责人陪同参加。屏山县副县长王红旗、书楼镇党委书记罗代奇及中坝村支书罗平出席签字仪式。

校长庹先国在专项捐建签字仪式上致辞

屏山县副县长、中坝村第一书记王红旗汇报了扶贫工作开展情况。在四川理工学院各级领导和广大教职工的倾情帮扶下，中坝村在基础设施建设、产业发展、为民服务、基层党建、村集体增收等方面均取得长足进步，将于2017年提前达到摘帽标准。王红旗代表中坝村全体村民向四川理工学院表示最衷心的感谢，尤其感谢学校为中坝村捐款捐物，感谢广大教职工帮助购买葵瓜（佛手瓜）、萝卜等农副产品。

四川理工学院校长庹先国在签字仪式上表示：学校高度重视扶贫工作，选派精兵强将到地方扎根基层担任驻村干部；自我校对口帮扶书楼镇中坝村以来，学校与屏山县的合作日益密切，感情也日渐深厚，希望学校与屏山县之间的合作交流能趋于常态化；希望屏山县能加大对中坝村的扶贫帮扶力度，充分利用好四川理工学院的人才、资源优势，重点在农产品和旅游业上做好发展规划，以帮助中坝村早日走上脱贫奔小康之路。

2017年6月20日，党委书记王洪辉参加省委脱贫攻坚督导工作

按照四川省委统一安排，2017年6月20日至23日，四川省委常委、政法委书记、公安厅厅长邓勇率队前往宜宾市屏山县调研督导脱贫攻坚工作，我校党委书记王洪辉及省委办公厅、省国资委、三峡集团相关负责人陪同督导，我校党委办公室、党委组织部负责人陪同调研。

督导组一行首先来到屏山县锦屏镇万涡村，顶着烈日深入贫困户丁春禄、刘自华、曾以富家中调研走访。每到一户，督导组都与贫困群众亲切交谈，详细了解家庭收入、产业发展情况。在曾以富家，督导组与乡亲们围坐在院坝里，拉家常、话发展，邓勇同志还为大家宣讲了四川省第十一次党代会精神。随后，督导组一行前往五粮液集团和临港经济技术开发区

朵唯智能云谷产业园、大学城等地进行专项督导，并在宜宾市工作汇报会上听取了情况汇报。

根据督导组的统一安排，我校作为省脱贫攻坚督导五组，对屏山县清平乡烂田村进行了深入调研和督导。

2017 年 10 月 16 日，党委书记王洪辉带队到刘山乡指导脱贫攻坚并开展慰问活动

为深入推进落实脱贫攻坚，10 月 16 日上午，在我国第四个“扶贫日”即将到来之际，我校党委书记王洪辉带队到我校精准扶贫的沿滩区刘山乡考察指导脱贫攻坚工作并慰问贫困户。学校党委办公室主任张永锋、党委组织部部长宋弘，刘山乡党委书记陈文伦、乡长陈晓强陪同参加。

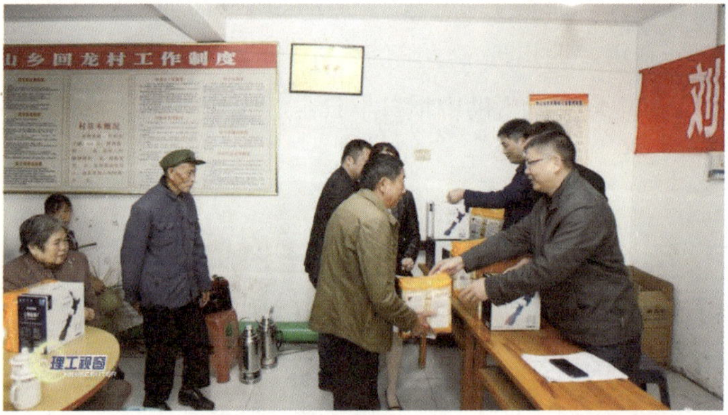

校党委书记王洪辉在刘山乡指导扶贫工作并分发扶贫物资

王洪辉书记一行首先抵达回龙村党群服务中心，与贫困户进行了亲切座谈。他表示，四川理工学院高度重视脱贫攻坚工作，将扶贫作为学校工作的重要内容之一；学校重视与自贡市开展多方面合作，将服务地方作为学校工作的重要目标之一；学校将在对刘山乡立志村帮扶的基础上，进一步就基础设施、教育、文化和社会服务等方面帮扶回龙村发展；同时，也欢迎贫困户子女今后报考四川理工学院。座谈会结束后，王洪辉向 16 户贫困户分发了慰问品，勉励他们早日脱贫。

随后，王洪辉听取了刘山乡党委书记陈文伦和回龙村党支部第一书记王自超对刘山乡扶贫工作和发展思路的介绍，实地考察了回龙村易地扶贫搬迁点、新建的党群服务中心、红丰蜜柚专业合作社和“中国彩灯之乡”文化创意产业园等。王洪辉对回龙村易地扶贫搬迁点和新建的党群服务中心提出了建设花台、美化环境，改进外墙装饰，完善设施设备，提高服务能力等指导意见；对红丰蜜柚专业合作社如何增产增收提出了注重疏花疏果，采用现代化灌溉施肥设施等改进建议；对“中国彩灯之乡”文化创意产业园的建设和草雕节开展情况表示充分肯定，赞扬该产业园利用草雕、胎雕等形式将稻草、废旧轮胎等变废为宝的环保精神和将文化创意落到实处的创新精神。

校党委书记王洪辉在刘山乡入户慰问贫困户

校党委书记王洪辉在刘山乡考察乡村建设和产业发展

2017年11月10日，党委副书记龚敏一行到刘山乡立志村开展脱贫攻坚“回头看”工作

2017年11月10日上午，为巩固贫困户脱贫成果、继续扎实开展脱贫攻坚工作，校党委副书记龚敏带领相关职能部门15位结对帮扶责任人，到刘山乡立志村开展脱贫攻坚“回头看”工作，并开展帮扶慰问活动。我校对口帮扶的贫困村刘山乡立志村已于2016年年底顺利实现摘帽，相关职能部门负责人结对帮扶的30户贫困户也已全部脱贫。

校党委副书记龚敏在刘山乡立志村开展脱贫攻坚“回头看”座谈

龚敏一行抵达立志村党群服务中心后，首先与部分帮扶对象进行了亲切座谈。龚敏在讲话中表示，此次脱贫攻坚“回头看”和帮扶慰问活动，是传达四川理工学院全体师生员工对父老乡亲们的问候，希望大家生活过得更好、更愉快；也希望通过四川理工学院和各位父老乡亲的共同努力，把新农村建设得更好。刘山乡党委副书记、乡长陈晓强对龚敏副书记一行再次莅临刘山乡指导脱贫攻坚工作表示最真诚的谢意，感谢四川理工学院长期以来在人才输送、帮智、就业等诸多方面对刘山乡的大力支持；同时，也希望帮扶对象们常怀感恩之心，巩固好脱贫成果，不辜负帮扶责任人的期望。

座谈会后，龚敏副书记一行分别与参加座谈的帮扶对象进行了促膝交谈，详细询问他们的家庭情况、致贫原因、扶贫措施、身体状况、务工类别、收入构成和帮扶成效等，根据帮扶对象的具体情况，提出有针对性的奔小康建议。帮扶对象罗桂书说道："龚书记他们想得周到，这么忙还专程来看望我们，非常感谢！我们一定在已脱贫的基础上，靠自己的双手，勤劳致富。"之后，帮扶责任人又一一到其他帮扶对象家中，询问他们的脱贫成果、巩固措施和生活前景等，表达问候并送上慰问品。

2018年2月1日，副校长高小林到中坝村开展春节慰问活动

2018年2月1日，副校长高小林率队到中坝村开展春节慰问活动。

副校长高小林在屏山县中坝村开展"冬季送温暖"座谈

来到中坝村后，高小林副校长在中坝村第一书记王红旗和中坝村驻村工作组、村两委干部陪同下先后到贫困户朱仁福、张正明家中，与贫困户亲切交谈，了解其家庭生产生活情况，送去米、油、棉被等春节慰问物资。随后，高小林副校长还来到新建成并投入使用的中坝村聚居点、中坝村党群服务中心，在听取中坝村驻村工作组和村两委干部的工作情况汇报后表示，四川理工学院将继续支持中坝村各项

副校长高小林在屏山县中坝村分发慰问品

扶贫工作，帮助中坝村在2018年如期完成整村摘帽和贫困户脱贫。

此次四川理工学院为中坝村贫困户、五保户、低保户共53户困难家庭送去米、油、棉被等春节慰问物资，折合人民币1万余元。

2018年2月7日，党委书记王洪辉陪同杨兴平副省长赴雅江县调研脱贫攻坚工作

杨兴平副省长到甘孜州雅江县开展脱贫攻坚调研和扶贫慰问

2018年2月7日至8日，学校党委书记王洪辉与相关省、市单位领导一起陪同杨兴平副省长到甘孜州雅江县开展脱贫攻坚调研和扶贫慰问活动。杨兴平一行深入雅江县呷拉教育园区、呷拉镇湾地沟村、河口镇麻子石村等地，调研了教育卫生扶贫、特色产业发展情况，走访慰问了部分困难群众和基层扶贫干部，并召开了雅江县脱贫攻坚调研座谈会。

座谈会上，王洪辉表示，本次脱贫攻坚调研收获良多，对我校下一步到雅江县开展精准扶贫工作具有很好的借鉴作用。高校具有服务地方的基本属性，积极参与脱贫攻坚工作，是高校的责任和义务，我校将在前期帮扶自贡市沿滩区刘山乡立志村、回龙村，宜宾市屏山县及屏山县书楼镇中坝村基础上，进一步履行高校服务社会职能，充分发挥学校学科、人才和社会资源等优势，以人才支撑、智力支持、教育支援、科技帮扶、文化服务为抓手，以对口帮扶为工作载体，从选派干部，提供资金、物品支持，开展智力帮扶、产业帮扶、就业帮扶，提供决策咨询和法律援助，开展志愿服务等方面，全面实施对口帮扶，为雅江县进一步提升经济、社会、教育、科技发展水平，提升脱贫致富能力，最终顺利实现脱贫作出应有贡献。

2018 年 3 月 2 日，屏山县委组织部到校对接 2018 年干部培训对口帮扶工作

2018 年 3 月 2 日，宜宾市屏山县委常委、组织部部长陈林带队来校，就 2018 年干部培训对口帮扶工作进行对接，学校党委常委、副校长颜杰热情接待。

陈林介绍了屏山县 2018 年干部培训工作需求，以及对学校的期待。他提出，2018 年是屏山县决战决胜脱贫奔小康的冲刺之年，关键是培训干部人才队伍，拓展屏山县干部眼界视野，提升干部队伍能力素质，希望四川理工学院进一步对口帮扶屏山县有关工作。他介绍了 2018 年屏山县干部人才培训工作提出的目标，即紧扣习近平总书记在川视察期间重要讲话精神，围绕“脱贫攻坚、联动发展”工作主题，以培养造就“五好”干部，建设科学化专业化干部队伍为目标，为推动脱贫攻坚、全面建成小康社会提供坚强的干部人才保证。他希望培训方案的设计要结合屏山实际，多采用案例教学、互动交流方式，对屏山干部的培训管理要严格，管好生活、管好学习、管好作风。

四川理工学院、屏山县干部培训工作对口帮扶方案座谈会

颜杰简要介绍了学校更名、学校近期重大工作的有关情况及对继续教育工作布局的规划考虑，指出支持屏山县的工作是学校的一项政治任务，继续教育是大学的社会责任，支持屏山县干部培训工作也是对宜宾人民支持我校宜宾校区建设的回应，要求相关部门、学院把工作做好，包括做好培训项目的前期工作，加强对屏山实际情况和干部情况的调研，要有针对性、接地气、有实效。

本次对口帮扶屏山县干部人才培训包括旅游产业发展专员培训、驻村帮扶干部和村干部培训等项目。会上，继续教育学院、培训学院院长侯懿就屏山县提出的两个项目的教学实施框架进行了阐述，她说，学校前期组织了管理学院、经济学院、土木学院专家团队在屏山县开展了全域旅游规划、扶贫工作第三方评估等工作，对中坝村的扶贫脱贫工作有序有效推进，这些都是做好培训的基础性工作，培训学院对做好对口帮扶培训工作有信心，将充分发挥学校相关智库和专家的作用，落实好“三个管好”。

按照屏山县委组织部的培训目标和要求，本次培训的理论教学与现场教学将采取 1∶1 的方式设计。

屏山县副县长王红旗、屏山县委党校常务副校长叶劲松、学校组织部部长宋弘等出席了对接方案座谈会。

2018 年 3 月 14 日，学校对口帮扶雅江工作座谈会在雅江县召开

2018 年 3 月 14 日，四川理工学院对口帮扶雅江工作座谈会在雅江县委四楼会议室召开，会议深入探讨对接四川理工学院在雅江县脱贫攻坚工作中的对口帮扶工作。

会上，四川理工学院党委副书记、纪委书记魏文彪介绍了学院的历史底蕴、特色专业、资源优势等情况，并表示：脱贫攻坚工作是全国上下的一项重大政治任务和刚性要求、硬性任务，学院将会全力配合雅江县，认真履行帮扶职责，深入贯彻和落实好上级各项工作部署和指示要求，充分发挥学院在干部人才培训培养、产业产品改造升级，电商平台建设、旅游

四川理工学院对口帮扶雅江工作座谈会

文化宣传等方面的资源优势，积极主动地与雅江县对接各项工作，进一步制订完善各项对口帮扶工作方案，细化帮扶措施，认真履行帮扶协议，努力探索和建立完善帮扶工作长效机制，扎实开展脱贫攻坚各项对口帮扶工作，为雅江县的脱贫攻坚工作作出应有的努力。

雅江县委常委、组织部部长古伯阳向魏文彪一行介绍了雅江县基本情况，并就雅江县产业扶贫、干部人才培训培养、旅游文化宣传、教育扶贫等方面工作与魏文彪一行进行了对接。

会上，瓦多乡负责人还就瓦多乡脱贫攻坚工作现状及需要解决的问题等方面进行了汇报。

雅江县委副书记盛向东，县委副书记黎杰，县委常委、组织部部长古伯阳，县委组织部、县脱贫攻坚办相关负责人参加会议。

2018 年 4 月 10 日，学校召开对口帮扶雅江县工作布置会

根据《中共四川省委组织部　中共四川省委教育工作委员会　四川省教育厅　四川省扶贫和移民工作局关于印发〈四川省高校对口帮扶深度贫困县实施方案〉的通知》，甘孜州雅江县作为我校对口帮扶点。为进一步贯彻落实精准扶贫要求，帮助雅江县打赢脱贫攻坚战，我校于第一时间制订

了《四川理工学院2018年对口帮扶甘孜州雅江县实施方案》，组建领导小组，派驻优秀干部脱产驻村帮扶。2018年4月10日下午，学校在行政中心第四会议室召开2018年对口帮扶雅江县工作布置会，进一步部署学校2018年帮扶雅江县脱贫攻坚精准扶贫工作。

学校对口帮扶雅江县工作布置会

会议就学校帮扶工作方案进行了详细解读，就2018年的具体帮扶项目与相应责任部门做了对接。2018年学校将继续发挥学科特色和人才优势，以人才支撑、智力支持、教育支援、科技帮扶、文化服务为抓手，通过培育基层队伍、助推产业发展、提升教育质量、开展志愿服务等方式，全面实施对口帮扶精准扶贫，帮助雅江县进一步提升经济、社会、教育、科技发展水平，提升脱贫致富能力。

我校党委书记王洪辉在布置会上强调了本次精准扶贫的重要意义。他指出，全力帮扶雅江县脱贫攻坚，是学校提高政治站位、勇于担当和奉献的社会价值体现。他要求各责任部门按照学校的方案设计，充分发挥优势，把工作做细做实，确保对口帮扶雅江县脱贫攻坚精准扶贫工作圆满完成。

2018年4月25日，党委书记王洪辉到中坝村督导脱贫攻坚工作

2018年4月25日，我校党委书记王洪辉一行到屏山县书楼镇中坝村督

导脱贫攻坚工作，入户看望贫困户，并向村组干部和村全体党员宣讲习近平总书记来川视察重要讲话精神。

在入户走访中，王洪辉分别来到中坝村三组杨恒旭和五组朱义彬家，就他们的家庭生活条件、收入来源、房屋建设等情况进行了详细了解和讨论，并勉励他们转变思想观念，在村两委和驻村干部的帮扶和指导下，用好扶贫政策，实现勤劳致富。

随后，王洪辉一行来到学校援建的中坝村党群服务中心，向村组干部、驻村工作组和村全体党员做了“习近平总书记来川视察重要讲话精神”宣讲报告。王洪辉在报告中指出：习近平总书记来川视察并发表重要讲话，明确提出推动治蜀兴川再上新台阶的总体要求和着力抓好党的十九大精神贯

党委书记王洪辉一行入户看望贫困户

党委书记王洪辉在中坝村宣讲习近平总书记来川视察重要讲话精神

彻落实、着力推动经济高质量发展、着力实施乡村振兴战略、着力保障和改善民生、着力加强党的政治建设“五个着力”的重点任务，为做好新形势下的四川工作提供了根本遵循和行动指南。在讲到实施乡村振兴战略时，王洪辉引用习近平总书记讲话强调：四川是“天府之国”，要加快推进乡村产业振兴、推动乡村生活富裕，把四川农业大省这块金字招牌擦亮；要抓好建基地、创品牌、搞加工等重点任务，扎实推动城乡融合发展，加快建设业兴、家富、人和、村美的幸福美丽新村；要加强乡风文明建设，扎实推进“四好村”创建，健全乡村治理体系，确保农村社会和谐稳定、长治久安。他建议中坝村要按照习总书记来川讲话精神要求，结合自身经济发展实际，在各级党委政府的领导下，科学规划中坝村农业、产业发展，打造中坝村绿色高山生态农副产品品牌，扎实推进“四好村”建设，建设美丽新村，真正让农民富起来，感受到党和政府的温暖和关怀。

在随后的中坝村扶贫工作推进会上，第一书记王红旗就中坝村脱贫攻坚、聚居点建设、美丽乡村建设等工作的开展情况进行了汇报，指出了工作中存在的问题，并就下一步的工作进行了安排部署。听取汇报后，王洪辉对中坝村的扶贫工作表示充分肯定与支持，并表示：四川理工学院将进一步加大扶贫力度，充分发挥学校各项优势，全力支持、帮助中坝村做好各项脱贫攻坚工作，为中坝村办实事、解难题，完成脱贫任务，最终让贫困群众住上好房子、过上好日子、养成好习惯、形成好风气。

党委书记王洪辉一行参加中坝村扶贫工作推进会

2018 年 5 月 7 日，校长庹先国带队赴雅江县实地调研，推进我校对口帮扶雅江工作

四川理工学院对口帮扶雅江县瓦多乡中古村捐赠仪式

为深入贯彻落实习近平总书记在深度贫困地区脱贫攻坚座谈会上的重要讲话精神和习总书记来川视察指示精神，深入开展“大学习、大讨论、大调研”活动，进一步推进我校对口帮扶雅江县脱贫攻坚工作，2018 年 5 月 7 日至 9 日，校长庹先国带队前往雅江县开展对口帮扶实地调研，并举行了我校对口帮扶雅江县瓦多乡中古村捐赠仪式。党委组织部部长宋弘、校办主任吴斌参加。

8 日一早，庹校长一行在雅江县委副书记盛向东，雅江县委常委、组织部部长古伯阳的陪同下来到我校对口帮扶的雅江县瓦多乡中古村。庹校长一行查看了中古村的通村路入户路、村级活动室等的建设情况，走访慰问了贫困户格绒翁姆和呷热阿热，了解他们的家庭现状、住房情况、贫困原因及脱贫举措等，鼓励他们要树立信心，勤奋努力，争取早日脱贫。

随后，调研组在瓦多乡政府二楼会议室召开我校对口帮扶雅江县工作座谈会，雅江县县委副书记盛向东向庹校长一行介绍了雅江县基本情况和雅江县脱贫攻坚工作开展情况。会上，瓦多乡党委书记格让降措就瓦多乡脱贫攻坚工作现状及需要解决的问题等方面进行了汇报。我校赴雅江县的驻村干部刘科财做了履职情况的汇报。庹校长最后表示，通过本次调研，对雅江县脱贫攻坚的相关工作有了更深的了解，虽然脱贫攻坚工作任务艰巨，责任重大，但学校党委以高度的政治责任感和历史使命感，充分发挥学校学科专业优势，为雅江提供思想文化和知识技能支撑，全面贯彻落实中央和省委关于脱贫攻坚的要求，推动地方经济社会发展，助力“精准脱贫”。

庹先国校长一行查看中古村的通村路建设情况

庹先国校长一行查看贫困户阿热家建设情况

今后，学校将充分发挥在教育培训、信息技术、科技智力和人才等方面具有的突出优势开展对口帮扶；继续在产业帮扶和教育帮扶上下功夫，帮助群众发展适合自己的产业；利用我校优势建立各种平台，销售雅江的农林牧等产品，真正帮助群众增产增收，获得更多的实惠；选派雅江县干部到我校相关部门挂职锻炼；加强对下一代的培养，组织雅江中小学生到我校参观学习；组织雅江县的干部和教师到学校，对他们进行培训提升；解放思想，做好“扶智与扶志”工作；在假期派学生志愿者到雅江开展社会实践活动，对村民进行相关的教育引导工作，促进村里的“四好”创建工作更上一个新台阶。

最后，举行我校对口帮扶雅江县瓦多乡中古村捐赠仪式。

雅江县委常委、组织部部长古伯阳，县脱贫攻坚办相关负责人、瓦多乡全体干部职工、中古村村两委参加会议。

8 日下午，调研组一行在康定市格桑花大酒店与雅江县委书记刘宗建，县委常委、组织部长古伯阳就双方在更多领域开展项目合作进行了进一步会谈。刘宗建代表县委县政府对学校给予中古村的帮助与支持表示衷心感谢。他相信，在四川理工学院的对口帮扶下，雅江县将走向更加美好的明天。

2018 年 5 月 25 日，雅江县应邀来校商谈对口帮扶脱贫攻坚工作，并参加我校首届校友企业家发展论坛

2018 年 5 月 25 日，雅江县委常委、常务副县长江勇刚带领雅江县发改与招商投资局、文旅局、农牧局一行 11 人应邀来校商谈对口帮扶脱贫攻坚工作。

25 日下午，我校对口帮扶雅江县脱贫攻坚工作会在宜宾凯尔顿国际酒店四楼会议室举行，校长庹先国，副校长肖兴政、颜杰等参会。江勇刚介绍了雅江县基本情况、前期脱贫攻坚进展情况及产业发展现状。庹先国表示，邀请雅江县领导来学校商谈对口帮扶脱贫攻坚工作并参加我校首届校友企业家发展论坛，其宗旨在于为雅江及校友企业提供交流、合作平台，为雅江的脱贫奔小康助力。我校的教育资源、人才资源、校友资源非常丰富，可以在教育、培训、旅游、消费等方面开展扶贫攻坚深入合作，并通过这

校长庹先国一行参加首届校友企业家发展论坛

雅江县委常委、常务副县长江勇刚介绍雅江县情况

些实实在在的举措让脱贫致富早日实现。现挂职宜宾市屏山县副县长、中坝村第一书记的我校扶贫干部王红旗做了脱贫攻坚工作的交流发言。

26日，我校在首届校友企业家发展论坛上，专门播放了介绍“大雅之江、松茸之乡”雅江县的宣传片。江勇刚对我校对口帮扶雅江，为雅江加快脱贫奔小康步伐、促进经济社会发展发挥的积极作用表示感谢。他向与会成员介绍了雅江县基本情况，并邀请校友们赴雅江交流考察。县发改与招商投资局局长齐继勇详细介绍了雅江县的自然资源、旅游资源、产业等情况，并欢迎大家交流合作。

庹先国向各地校友会、校友企业发出倡议，弘扬扶贫济困的传统美德，发扬“家国情怀”，传递公益慈善义举，助力雅江发展，奉献理工校友爱心，为我校对口帮扶雅江、校县全面合作注入新的活力。

参会校友纷纷表示将积极响应学校号召，结合自身优势，为雅江脱贫攻坚事业多做贡献。会后，校友们与雅江县领导们进行了较为深入的交流，并达成了初步的合作意向。

2018年5月30日，党委副书记龚敏一行赴雅江县调研精准扶贫工作

为做好我校对口帮扶雅江工作，5月30日，学校党委副书记龚敏一行奔赴雅江县调研精准扶贫工作。雅江县组织召开对口帮扶工作座谈会。校党委副书记龚敏、校工会副主席明星敏、校组织部副部长钟世友、校招生就业处副处长曹海出席会议。雅江县副县长石冬艳，雅江县委常委、统战部部长洛绒倾培及雅江县教育局、农牧科技与供销合作局、瓦多乡等的负

责人参加会议。

会上，石冬艳对龚敏一行表示热烈欢迎，对我校为雅江经济社会发展作出的贡献表示感谢；她还向与会同志简要介绍了雅江县的整体情况、主要特点、区域优势、发展思路及脱贫攻坚的情况。随后，雅江县教育局、农牧科技与供销合作局的负责人分别发言，介绍了雅江县的教育、农牧等自然资源情况及产业发展规划，并向学校提出了在科技创新、专家团队、教育服务、人才培养等方面的需求。瓦多乡负责人就瓦多乡脱贫攻坚工作现状及需要解决的问题等方面进行了汇报。会上，播放了我校“矢志不渝　不忘初心”的宣传片，让与会人员对我校的历史底蕴、特色专业、资源优势有

学校党委副书记龚敏一行赴雅江县调研精准扶贫工作

党委副书记龚敏主持召开对口帮扶雅江县工作座谈会

党委副书记龚敏一行到雅江中学调研

了更深的了解。会议最后，龚敏做了重要讲话，她强调学校将充分整合资源，提升合作层次，增强合作实效，在雅江农业产业提升、教育文化发展、课题攻坚、人才培训、产业规划等方面加强合作，服务雅江经济社会发展，推动雅江驶入科学发展快车道。

会后，龚敏一行在雅江县石冬艳、洛绒倾培的陪同下来到雅江中学进行了实地调研，在雅江中学教学楼大会议室与高三二班、四班的学子进行了面对面交流。龚敏介绍了我校情况并欢迎雅江学子到我校学习；曹海就现行的招生政策特别是少数民族招生政策给大家进行了讲解。

2018年6月1日，党委书记王洪辉到屏山县中坝村慰问少年儿童并进行扶贫工作督导

2018年6月1日，我校党委书记王洪辉到我校对口帮扶的屏山县书楼镇中坝村慰问少年儿童，并就精准扶贫工作进行督查指导。学校党委办公室、组织部、团委、经济学院负责人陪同参加了相关活动。

上午10点，王洪辉书记一行到达中坝村，出席照中小学“六一”庆祝

活动，并代表定点帮扶单位向小朋友们致以节日的祝贺，向辛勤耕耘、默默奉献的老师致以崇高敬意。王书记指出，百年大计，教育为本，教育大计，教师为本，中坝村作为精准扶贫村之一，扶贫的首要任务是扶智，而教育是扶智的根本，希望各位老师进一步增强责任感、使命感，潜心教学，遵循教育规律，努力提高教书育人水平，为国家培养人才贡献自己的青春年华。王书记表示，以四川理工学院为代表的定点帮扶单位，将不辜负省委省政府的重托，不辜负中坝村人民的期望，把教育作为扶贫的首要任务、一号工程，将实施教学技能培训计划，全面提升照中小学的办学条件和教学质量。

王洪辉书记对参加活动的家长表示，父母是孩子们最好的老师，家教是人生的第一教育，是孩子们成长过程中的关键环节，在孩子们的成长教育中居于首要地位，家长朋友们一定要大力弘扬“尊老爱幼、男女平等、夫妻和睦、勤俭持家、邻里团结”的家庭美德，为孩子们的成长创设良好的家庭环境，建立一个美满温馨的幸福家庭，提高个人生活情趣和道德情操，为孩子们成长成才作出表率。王书记用习近平总书记寄语全国各族少年儿童的话语鼓励照中小学的少年儿童，希望孩子们从小树立远大的志向和崇高的理想信念，养成良好的道德品质和文明习惯，刻苦学习，强健体魄，提高本领，全面发展，做有理想、有道德、有文化、有纪律的一代新人。

党委书记王洪辉一行出席中坝村照中小学“六一”庆祝活动

党委书记王洪辉作庆“六一”致辞

党委书记王洪辉一行分发慰问物资

党委书记王洪辉督查指导中坝村精准扶贫工作

王洪辉书记还与中坝村的其他帮扶单位负责人一起捐赠了慰问物资。我校为照中小学的 95 个孩子每人捐赠 1 个书包、1 套学具，并捐赠了 200 本少儿图书、2 个书架。

慰问活动之后，王书记对中坝村精准扶贫工作进行了督查指导，屏山县副县长、中坝村第一书记王红旗进行了扶贫工作汇报。王红旗代表中坝村驻村工作组和全体村民，向学校领导及全校教职工对中坝村脱贫攻坚工作的关心支持、倾情帮助表示真诚的感谢。在四川理工学院等单位的帮扶下，在驻村工作组的努力工作下，中坝村脱贫攻坚工作有序开展，全村面貌和村民生产生活条件得到有效改善，基础设施建设、种养产业发展、重点项目建设、便民为民服务、基层组织建设、村集体收入等方面均取得长足进步。

王洪辉书记对驻村工作组所开展的工作表示肯定，还针对中坝村的脱贫摘帽规划和当前存在的困难问题进行了深入指导，要求中坝村要利用中坝水库建设的资源和生态环境资源做好乡村旅游规划，长远着想、整体打造、分步实施；要在全面分析的基础上进行产业发展，避免同质化；要多关爱留守儿童和贫困儿童，将工作落实、落地、落细；要将扶智与扶志相结合，巩固已经取得的扶贫成果，有效防止返贫。王书记一行还查看了我校捐建的中坝村党群服务中心、聚居点、中坝水库、村食堂的建设现场，给予了许多工作建议。

2018 年 6 月 14 日，民俗灯文化普及基地在刘山乡开展乡村文化振兴活动

为助力乡村文化振兴、推广普及彩灯文化，6 月 14 日下午，民俗灯文化普及基地组织美术学院师生，前往自贡市沿滩区刘山乡开展送文化下乡书画义务捐赠活动。刘山乡乡长陈晓强等乡镇干部、美术学院副院长梁川等基地成员及 40 余名刘山乡回龙村贫困户、低保户和普通村民参加活动。活动在刘山乡回龙村党群服务中心举行。

梁川在捐赠仪式前谈到，刘山乡以自贡彩灯之乡文化产业集团有限公司为龙头的彩灯文化产业发展势头强劲，季节性彩灯务工人员的技术水平提升很快，具有良好的社会文化氛围和广泛的群众基础。希望通过此次乡村文化振兴活动，形成传统书画和社科书籍赠送等送文化下乡机制，进一步加深四川理工学院、民俗灯文化普及基地和刘山乡在彩灯文化产业及文化宣传方面的合作，进一步提升村民们的扎灯工艺水平，提高村民的文化素质和思想意识。

刘山乡乡长陈晓强表示，感谢四川理工学院一直以来对刘山乡社会经济文化建设的大力援助，也感谢民俗灯文化普及基地和美术学院师生们捐赠精美的书画作品。乡村振兴离不开乡村文化振兴。建设优良的乡村文化环境，需要不断提高群众的文化水平和劳动技能。四川理工学院是自贡的文化高地，希望刘山乡和四川理工学院进一步加强合作，共同建设美丽刘山。

活动间隙，基地志愿者向前来参加活动的村民们发放了基地印制的非遗文化和彩灯文化知识宣传单。

捐赠仪式结束后，美术学院带队教师在回龙村党群服务中心广场为前来参加活动的村民们捐赠了国画作品，并现场挥毫，完成福、寿、家和万事兴等书法作品，送给每一位来到现场的村民。

2018 年 6 月 29 日，副校长刘康到屏山县中坝村指导扶贫工作

根据中共屏山县委组织部《关于调整书楼镇中坝村第一书记职务的通知》（屏委组通〔2018〕53 号）文件要求，因工作需要，对书楼镇中坝村第一书记进行调整。2018 年 6 月 29 日上午，在中坝村党群服务中心召开了中坝村第一书记轮换工作会，四川理工学院（现四川轻化工大学）副校长刘康、党委组织部部长宋弘、书楼镇副镇长曹操华、中坝村原第一书记王红旗、中坝村新任第一书记杨平、驻村工作队成员、中坝村全体党员、村主职干部、贫困户代表等参加了会议。会议由中坝村原第一书记王红旗主持。

会上，原第一书记介绍参会领导，并宣读了屏山县委组织部任命文件；四川理工学院党委组织部宋部长介绍了杨平书记的基本情况；中坝村党支部书记罗平代表中坝村首先对原第一书记在中坝村两年多时间的所有付出表示衷心的感谢，对杨平书记的到来表示热烈的欢迎，并表示村支两委将全力支持杨书记的工作。书楼镇副镇长曹操华指出：一是两任第一书记要做好工作交接；二是新任的第一书记做好任期规划，及时了解村情，迅速进入角色；三是中坝村两委务必全力支持第一书记开展工作。

原第一书记从村情、贫困状况、产业发展、帮扶措施、基础设施、精准扶贫等方面对任期工作做了简要总结，并将原有的帮扶情况详细地与新第一书记进行了交接，为新第一书记驻村帮扶工作的铺开指明了方向。四川理工学院刘康副校长在听取情况介绍后表示：自己是第一次到中坝村，中坝山清水秀，有产业，有水库，有发展前途，希望杨平书记在党和政府的领导下，进一步发挥好第一

副校长刘康出席中坝村第一书记轮换工作会

副校长刘康一行走访贫困户

书记的独特优势和重要作用，带领中坝村两委成员扎实开展各项工作，为中坝村村民办实事，带领中坝村村民走好脱贫攻坚之路。

此次第一书记轮换交接会议的召开，使两位第一书记顺利进行了交接，使新任第一书记明确了工作职责和目标，为确保中坝村脱贫工作的顺利开展提供了有力保障。会后，原第一书记又带着新第一书记，以及四川理工学院的领导们进行了贫困户走访，通过走访更好地知村情、解民意，不仅拉近了与贫困户的距离，同时通过"老带新"这种交接方式，也推进了中坝村的脱贫攻坚工作。

2018 年 8 月 13 日，党委书记王洪辉一行赴雅江县调研脱贫攻坚工作

2018 年 8 月 13 日至 15 日，学校党委书记王洪辉带队，党委组织部部长宋弘、校党办副主任刘丰荣、法学院党总支副书记（主持工作）邹国正、校法律顾问室负责人涂强律师、法学院缪锌副教授、法学院杨帆副教授一行 7 人到甘孜州雅江县开展了法律对口帮扶工作。

8 月 14 日，王洪辉一行 3 人深入我校对口帮扶的雅江县瓦多乡中古村实地调研。在实地调研中，王洪辉一行查看了中古村的通村路入户路、村级活动室等的建设情况，对当地的自然状况、生活生产情况以及教育进行深入了解，走访慰问了贫困户绒科阿扎和扎西泽仁，了解他们的家庭现状、住房情况、贫困原因及脱贫举措等，鼓励他们要树立信心，勤奋努力，争取早日脱贫致富。

在座谈会上，雅江县委副书记刘静向王洪辉书记一行介绍了雅江县基本情况和雅江县脱贫攻坚工作开展情况。瓦多乡乡长洪建林就瓦多乡脱贫

党委书记王洪辉一行查看中古村的入户路建设情况

党委书记王洪辉一行查看中古村的通村路建设情况

党委书记王洪辉一行查看中古村村级活动室建设情况

攻坚工作现状、需要解决的问题及瓦多乡今后的发展思路等方面进行了汇报。我校派驻雅江县的驻村干部刘科财做了履职情况的汇报。王洪辉谈到，通过调研，对雅江县脱贫攻坚工作有了更深的了解，雅江县脱贫攻坚工作任务艰巨，责任重大，非常辛苦，但同志们政治站位高，工作做得扎实，取得了很好的脱贫成效，为2020年全面完成脱贫任务打下了良好的基础。王洪辉表示，帮扶雅江县及瓦多乡中古村实现脱贫目标，既是省委对我校下达的任务，也是学校的责任，在帮扶工作开展以来，学校与雅江县结下了深厚的情谊，学校党委全面贯彻落实中央和省委关于脱贫攻坚的要求，以高度的政治责任感和历史使命感，充分发挥学校学科专业优势，为雅江提供思想文化和知识技能支撑，推动地方经济社会发展，助力脱贫致富。瓦多乡

“一二四”的发展思路非常清晰，希望瓦多乡紧抓国家脱贫攻坚和乡村振兴战略的发展机遇，结合瓦多乡的发展特色，落实好发展思路，实现瓦多乡的精准脱贫。在今后的扶贫工作中，学校将积极与雅江县沟通协调，根据雅江县及瓦多乡中古村发展实际和发展需求，发挥自身优势开展对口帮扶，为雅江县脱贫攻坚工作作出积极的贡献。最后，王洪辉鼓励帮扶干部努力工作，克服困难，融入当地，为打赢脱贫攻坚战、全面建成小康社会作出应有的贡献。

14日上午9点，四川理工学院对口帮扶雅江县法律援助座谈会在县司法局会议室召开。雅江县常务副县长江勇刚、法学院党总支副书记（主持工作）邹国正、缪锌副教授、涂强律师、杨帆副教授，以及雅江县政法委、法制办、法院、检察院、公安局、司法局、食药工质局、住建局、国土局、环林局、交通局等单位的同志参加了座谈会。座谈会主要围绕雅江县法律实施过程中的热点、难点问题——雅江松茸品牌知识产权保护进行了深入的交流和探讨，形成了对雅江县法律帮扶课题的初步方向，为下一步课题研究收集了第一手素材。

座谈会结束后，举行了四川理工学院对口帮扶雅江县驻点律师聘任和法律书籍赠送仪式。法学院教师涂强、冯杰受聘为“甘孜藏族自治州雅江县驻点律师”，将长期提供线上、线下的法律援助服务。法学院党总支副书记（主持工作）邹国正代表法学院向雅江县赠送了一批急需的法律书籍，涉

党委书记王洪辉召开雅江县脱贫攻坚座谈会

党委书记王洪辉一行入户慰问中古村贫困户

法学院专家做对口帮扶雅江县专题法治讲座

法学院专家召开对口帮扶雅江县法律援助座谈会

及民事、刑事、合同、婚姻家庭、农业、土地、交通、法律文书写作等各个领域。

14日上午10点半，法学院律师和专家在雅江县木雅广场开展了群众法律援助现场咨询，发放宣传资料300余份，接受群众咨询20余人次。

14日下午2点15分，在雅江县委会议厅举行了“四川理工学院对口帮扶雅江县专题法治讲座”和“雅江县2018年普法骨干、法律明白人专题法治培训会”，分别由涂强律师、杨帆副教授担任主讲。雅江县各乡镇司法所工作人员、县司法机关和行政执法部门骨干参加了讲座和培训会。在三个半小时的讲座和培训会中，两位专家就雅江县法律工作者普遍关心的民法、合同法、婚姻家庭法、法律调解、法律文书写作等做了深入浅出的讲解，同与会同志进行了热烈的交流互动，取得了较好的效果。

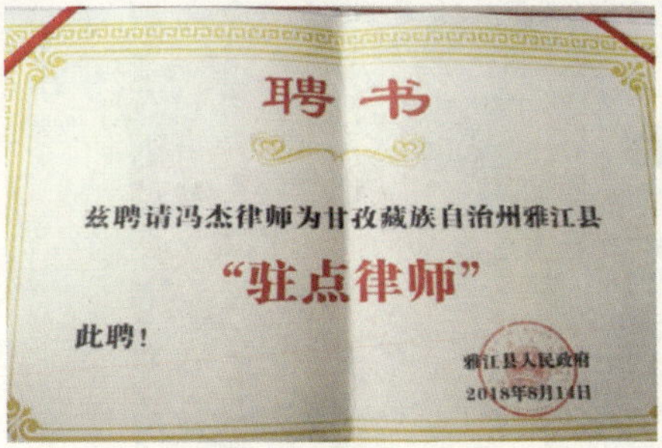

法学院专家冯杰的雅江县“驻点律师”聘书

法学院专家涂强的雅江县“驻点律师”聘书

2018 年 8 月 16 日，美术学院视觉传达设计团队智力帮扶雅江

为贯彻落实省委教育工委关于发挥高校优势助推脱贫攻坚的精神，助推雅江县顺利实现脱贫目标，美术学院视觉传达设计团队一行 5 人，在系主任黄磊副教授的带领下，于 2018 年 8 月 16 日至 20 日到雅江县为其农林牧产品进行外包装品牌设计，助推雅江县产业发展。

雅江县位于四川省甘孜藏族自治州南部，因地理环境独特，盛产松茸、鹿菌、猴头菇等多种野生菌类，虫草、麝香、鹿茸等名贵中药材及鹿、獐、盘羊、熊等珍贵动物。为给当地产业或品牌塑造新形象，促进经济发展，充分体现高校智力驱动价值，设计团队来到雅江开展了为期 5 天的设计工作。

设计团队经过充分地考察调研，将设计扶贫的理念注入精准扶贫项目，立足于农村产业升级和“互联网 +”新农业，努力做到四个“明确”：一是明确工作任务，在充分考虑“品牌”的前提，偏重现代经济的特点，注重发挥雅江县“中国松茸之乡”的品牌优势，打造特色农产品；二是明确工作思路，将品牌命名、策划、设计、包装、制作、推广等流程整合建构，以传播和销售为核心展开设计；三是明确突破方向，在项目可行性上重点考虑重品牌、强创意、重实施、能复制 4 个方面；四是明确设计要求，在设计呈现上重点强调原创性、民俗性、模块化 3 个方面，根据精准扶贫的项目特点设定了原创、民俗、模块的设计整合要求，强调原创创意、多渠道、易于传播推广的特点，以实现创意增值。

美术学院黄磊展示雅江县农林牧产品外包装设计

美术学院黄磊讲解雅江县农林牧产品外包装成果设计

设计团队经过努力工作，设计出了雅江系列产品之松茸鲜品、松茸干片、黑木耳、黑虎掌、黄虎掌等品牌的包装设计成果，获得雅江县评审验收小组的高度评价和赞扬，圆满完成了本次智力帮扶任务。

近年来，我校积极响应省委、省政府“扶贫”与“扶智”相结合的号召，在扶贫工作上久久为功、精准发力，扶智扶志、共谋双赢，把结对帮扶作为学校的政治任务和中心工作之一，先后在宜宾、自贡、甘孜、凉山等地开展扶贫工作，扶贫成效得到广大群众的称誉，为开创百姓富、生态美的“美丽四川·宜居乡村”新未来作出了自己的贡献。

2018年10月11日，党委书记王洪辉带队赴凉山州布拖县开展脱贫攻坚调研

2018年10月11日，学校党委书记王洪辉带队赴布拖县开展脱贫攻坚调研，并看望我校驻村工作队队员。校党委组织部部长宋弘、党委办公室主任张永锋陪同调研。

11日，王洪辉一行先后前往拖觉片区各乡镇，详细了解彝家新寨、建设中的安全住房、乡镇基层党组织建设、产业发展、一村一幼等情况，对当地自然状况、生活生产情况以及教育进行深入了解。

12日，王洪辉一行前往我校驻村工作队队员所在的海拔近3 000米的补洛乡，在县委领导、组织部相关同志、乡党委班子陪同下实地调研了补洛乡中心校、乐安湿地建设、贫困户安置点建设等。此外，还走访慰问了贫困户阿支莫菲次和比机色且，了解他们的家庭现状、贫困原因及脱贫举措等，鼓励他们要树立信心，勤奋努力，争取早日脱贫致富。

在座谈会上，王洪辉谈到，通过对布拖县尤其是对补洛乡的实地调研，对布拖县的脱贫攻坚工作有了更全面和深入的了解，布拖县脱贫攻坚任务重，难度大，但布拖县委县政府高度重视，工作做得扎实，脱贫攻坚计划好、落实实、成效好，为2020年全面完成脱贫任务打下了良好的基础。王洪辉特别指出：开展精准扶贫工作，是国家推进精准扶贫、精准脱贫行动的重要举措，是助力全面建成小康社会的重要抓手，也是高校服务社会、服务群众的有效载体。针对补洛乡经济以农牧为主、无工业支撑的情况，王洪辉指出，要结合地方特色，充分考虑产业发展，尤其是旅游业发展，充分利用好补洛乡的丰富旅游资源。四川理工学院将结合补洛乡的主要产业，考虑结合学校优势，支持补洛乡与企业共建白酒生产基地。同时，学校将协助

党委书记王洪辉在布拖县委组织部常务副部长结子非刚陪同下调研补尔乡拉波作村党建工作

补洛乡做好旅游产业发展规划，对补洛乡中心校的基础建设进行支持等。

最后，王洪辉书记亲切慰问了我校驻补特村驻村干部、四治专员赵德奎，要求帮扶人员按照省委省政府的总体要求，充分发挥高校人才智力优势，在摸清当地贫困情况的基础上，重点针对当地产业发展、城镇规划、民生改善、教育师资、农民技能培训等方面做好帮扶工作，积极为当地经济发展提供科技支撑和智力支持，为扶贫攻坚事业作出应有的贡献。

2018 年 10 月 11 日，校长庹先国到屏山县中坝社区指导扶贫工作

2018 年 10 月 11 日，我校党委副书记、校长庹先国一行到屏山县书楼镇中坝社区指导扶贫工作，参观我校援建的中坝社区党群服务中心、养兔场和果蔬烘干房，并召开了扶贫工作座谈会，看望慰问社区老人和贫困户。

校长庹先国一行参观我校援建的养兔场

校长庹先国一行入户慰问贫困户

座谈会上，庹先国一行听取了中坝社区第一书记杨平的扶贫工作情况汇报。庹校长表示，学校高度重视扶贫工作，将中坝社区作为学校对口帮扶贫困村，在两年多的帮扶工作中，一直通过人、财、物关心、支持中坝社区的发展，全力做好各项帮扶工作，在贫困村的基础设施、村容村貌、乡风良俗等方面取得了良好的成绩，为贫困村的脱贫摘帽

打下了坚实基础。他表示，在帮扶过程中，学校与中坝建立了深厚的友谊，今后，学校还将不断加大对中坝社区的帮扶力度，助推中坝社区早日脱贫摘帽、齐奔小康。他强调，中坝社区的发展离不开老年同志的关心和贡献，希望中坝社区驻村工作队及社区两委多关心、关爱老年人，做好重阳佳节尊老、敬老、爱老、助老相关活动，让老年同志充分享受党和国家的政策温暖，安度晚年。

会后，庹先国向参会老年同志代表发放了慰问品，并到大乘镇看望慰问了 2018 年帮扶脱贫户杨和云。

2018 年 11 月 4 日，副校长刘康赴中坝社区开展扶贫调研活动

2018 年 11 月 4 日，由党委常委、副校长刘康带队，土木工程学院教职工党员前往宜宾市屏山县中坝社区开展扶贫调研活动。

到达中坝社区后，四川理工学院土木工程学院与书楼镇中坝社区首先进行了党建结对座谈会。座谈会上，教职工党员认真听取了屏山县副县长王红旗对于屏山县中坝社区精准扶贫工作情况的汇报。中坝社区第一书记杨平汇报了社区扶贫工作进展，让大家了解到中坝社区贫困户、社区集体收入、基础设施建设、基层组织建设等情况。

刘康对中坝社区扶贫成效表示肯定，并指出学校高度重视中坝社区的对口帮扶工作，今后学校将会继续支持脱贫工作、乡村建设等，做到“脱贫不脱手”。土木工程学院书记张捷表示：此次座谈会让教职工党员更多地感受到中坝社区自精准扶贫以来的变化，体验了脱贫工作的艰辛以及基层党建工作的困难；对于中坝社区脱贫以后的发展，土木工程学院党总支会一如既往地支持。土木工程学院院长郭毅表示，今后对于中坝社区的房建、设计、规划，包括以后的旅游景区建设等，土木工程学院全体教师将结合自身的专业优势，责无旁贷地继续支持。

随后，一行人进行了中坝社区扶贫工作考查，参观了扶贫成果，查看了由我校援建的多功能服务中心，并来到聚居点、中坝水库等地了解建设

情况，了解贫困户的生产生活情况。贫困户们表示，在政府政策的支持和四川理工学院的帮扶下，他们的居住条件、生活条件已得到进一步改善，幸福感大大提高，他们由衷地感受到了党和国家的温暖。

通过此次的参观调研活动，教职工党员感受到了精准扶贫政策落实后的变化，也表示将会结合自己的专业从基础设施建设、水处理等方面继续提供专业支持。在国家精准扶贫政策的继续实施和进一步加强与完善下，在四川理工学院党委的正确领导下，在大家的共同努力下，中坝社区的未来一定会越来越好。

2018 年 11 月 6 日，党委副书记龚敏赴屏山县调研精准扶贫工作

2018 年 11 月 6 日，学校党委副书记龚敏在大学科技园管理办公室主任张潇文、法学院青年教师饶守艳博士的陪同下赴屏山县，与屏山县副县长王红旗，县农林局、畜牧局、科经局及相关企业负责人座谈，结合“双创”在乡村振兴和精准扶贫服务工作中的作用进行了交流。

座谈会上，龚敏一行认真听取了当地农牧行业发展规划、产业发展情况，详细了解了当地农牧企业对于农资平台服务方面的需求和存在的困难。饶守艳老师针对自身在学校大学科技园创办四川乾景达科技有限公司所提供的平台服务做了具体介绍。双方还就产品溯源系统建设、农资服务体系监管、农村电商发展等问题进行了深入探讨。龚敏介绍了我校大学科技园的基本情况，对于科技促进乡村振兴战略的发展思路提供了指导建议。

会后，龚敏一行还前往中坝社区，实地调研了中坝水库建设、农产品种植基地和党群服务中心等。龚敏鼓励社区依托“双创”背景，结合农村电商平台和当地的资源优势脱贫致富，她表示学校将继续从人才、技术、智力等方面尽全力提供帮助与服务，推动产业发展，助力精准脱贫。

党委副书记龚敏调研屏山县农村电商发展情况

党委副书记龚敏调研中坝社区党群服务中心

党委副书记龚敏调研中坝通组路建设

2018 年 11 月 14 日，副校长肖兴政赴屏山县中坝社区调研脱贫攻坚工作

2018 年 11 月 14 日上午，副校长肖兴政率校工会常务副主席杜鑫、行政办副主任刘自山一行，前往屏山县书楼镇中坝社区考察调研脱贫攻坚工作。屏山县副县长兼中坝社区驻村工作队队长王红旗、中坝社区第一书记杨平陪同参观了中坝社区的党群服务中心、聚居点。

下午 2 点 30 分，在中坝社区党群服务中心 1 楼会议室召开了防返贫工作座谈会。会议由中坝社区党支部书记罗平主持。杨平汇报了中坝社区脱贫攻坚相关情况，表示中坝社区在今年 11 月已通过了市、县对村退出、户脱贫的验收工作。

肖兴政就中坝社区防返贫工作提出了对策及建议。他强调，中坝社区贫困户脱贫后，一定要增强防返贫意识，打消“等、靠、要”思想，以发展产业和创业增收为路径，大力实施乡村振兴战略，努力实现勤劳致富、脱贫奔小康。

副校长肖兴政在中坝社区指导防返贫工作

2018 年 12 月 12 日，党委副书记龚敏到刘山乡开展精准扶贫工作

为进一步巩固脱贫攻坚成果，继续扎实开展精准扶贫工作，学校党委副书记龚敏率学校 15 位结对帮扶责任人，于 2018 年 12 月 12 日下午到刘山乡立志村开展帮扶慰问活动并指导精准扶贫工作。刘山乡乡长王泽辉陪同。

党委副书记龚敏一行在刘山乡立志村指导精准扶贫工作

下午 3 时许，龚敏一行乘车抵达立志村，在村党群服务中心会议室与部分帮扶对象亲切座谈。王泽辉首先致欢迎辞，并对四川轻化工大学长期以来给予刘山乡的物资捐赠、智力支持和文化帮扶表示衷心的感谢。龚敏副书记向父老乡亲们转达了四川轻化工大学全体师生员工对他们的冬日问候，并表示一定尽全力帮助大家解决遇到的困难，也希望贫困户们在精准扶贫政策的支持下，靠自己的双手勤劳致富，顺利脱贫致富奔小康。

党委副书记龚敏入户慰问贫困户

座谈会后，龚敏一行分别与结对贫困户们促膝交谈，详细询问他们的家庭情况、致贫原因，享受过哪些扶贫政策，脱贫成果如何等，并结合各贫困户的具体情况，提出了有针对性的脱贫建议和帮扶措施。

最后，帮扶责任人深入部分贫困户家中，看望慰问偏远困难群众，并

送上慰问品。贫困户陈志勇表示："非常感谢四川轻化工大学的领导们，这么冷的天气专程来看望我们。这几年在党的政策支持下，我们的日子已经越过越好，也希望四川轻化工大学越来越好。"

2019 年 1 月 3 日，副校长颜杰前往中坝社区指导扶贫工作

2019 年 1 月 3 日上午，副校长颜杰前往屏山县书楼镇中坝社区指导扶贫工作并慰问了对口帮扶贫困户张兴发，向贫困户送去了慰问金，亲切关心贫困户的生活情况。屏山县副县长王红旗、中坝社区第一书记杨平陪同，并参观了学校援建的党群服务中心。

副校长颜杰在中坝社区了解脱贫攻坚情况

随后，杨平汇报了中坝社区基本情况及脱贫攻坚成效，一行人参观了中坝社区"五个一"和脱贫攻坚作战图、成效图展板。

座谈会上，颜杰强调，精准扶贫是一项伟大的工程，扶贫干部任务艰巨、责任重大，在做好精准脱贫工作的同时更要做好防返贫工作。精准扶贫要充分发挥中坝社区的优势资源，依托中坝水库的建设大力实施乡村振兴战略；要根据中坝社区农副产品的实际情况，开发和打造深加工、精加工等产品，努力提升中坝社区农副产品的经济附加值，大力提升中坝社区品牌知名度。他表示，学校将一如既往地关心、支持、帮扶中坝社区，希望中坝社区能与学校相关学院、专业对接，发挥帮扶单位的优势，切实解决中坝社区在发展过程中所遇到的一些难题，早日实现致富奔小康。

最后，一行人参观了中坝社区的肉兔养殖场和果蔬烘干房，并在参观过程中提出了一些对策和建议。

副校长颜杰在中坝社区召开脱贫攻坚座谈会

2019年1月2日，副校长肖兴政赴雅江县调研脱贫攻坚工作

2019年1月2日至4日，学校党委常委、副校长肖兴政赴甘孜州雅江县考察调研脱贫攻坚工作，并对我校定点帮扶村群众进行慰问。

2日下午，肖兴政听取了雅江县副县长石冬艳，县委组织部常务副部长杨波，我校派驻雅江县驻村干部、雅江县组织部副部长刘科财等同志关于雅江县基本情况、脱贫攻坚计划、学校帮扶政策落实等方面的介绍，并调阅了我校定点帮扶村雅江县瓦多乡中古村相关材料。

3日，肖兴政一行深入我校对口帮扶的雅江县瓦多乡中古村实地调研并召开了座谈会。在实地调研中，肖兴政一行查看了中古村的通村路入户路、村级活动室等，对当地乡村文化建设、村容村貌整治以及教育情况进行了深入了解；走访慰问了布日、阿朱尼玛、车布日3户村民，详细了解他们的家庭、住房、生活生产等情况，鼓励他们要树立信心，勤奋努力，争取早日奔小康，并代表学校送上了大米、食用油、藏茶等慰问品。在座谈会上，雅江县副县长石冬艳向肖兴政一行介绍了雅江县经济发展、教育规划、脱贫攻坚等情况。我校派驻雅江县驻村干部刘科财做了履职情况的汇报。肖兴政简单介绍了学校的基本情况，对中古村摘帽脱贫表示祝贺，对雅江县

副校长肖兴政在中古村分发慰问品

委、县政府对我校驻村干部的关怀和照顾表示了感谢。肖兴政谈到，中古村虽然摘帽脱贫，但是相比其他发达村镇，还有一段很长的路要走，四川轻化工大学会一如既往地落实好帮扶措施，还要送一程，会持续促进当地“造血”功能的形成。肖兴政对我校驻村干部表示了敬意，并鼓励帮扶干部要继续努力，不断克服困难，和当地村民一道撸起袖子加油干，把中古村建设得更好。最后，肖兴政副校长，雅江县副县长石冬艳，县委组织部常务副部长杨波，瓦多乡人大主席、中古村第一书记扎西多吉，我校驻村干部刘科财，党委办公室位红涛等同志一起为26户村民发放了大米、食用油、藏茶等慰问品。

2019年1月24日，党委书记王洪辉到屏山县中坝社区送温暖

玉犬辞岁，摘掉历代贫困帽；金猪迎春，开启中坝新时代。2019年1月24日，在2019年新春佳节即将来临之际，党委书记王洪辉前往我校对口帮扶的屏山县书楼镇中坝社区指导扶贫工作并开展送温暖活动。学校党委办公室、组织部、行政办负责人陪同参加。

首先，王洪辉一行参观了中坝社区的脱贫攻坚作战图、成效图展板，

校党委书记王洪辉在中坝社区慰问座谈会上讲话

驻村工作队汇报了中坝社区2018年脱贫攻坚工作情况。王洪辉对中坝社区在2018年实现40户贫困户全部脱贫、整村退出表示充分肯定，认为中坝社区的扶贫工作成效显著，达到了高质量脱贫的目标，各位扶贫干部和各帮扶单位是下了功夫的，成绩来之不易，下一步要认真做好防返贫工作。

随后，王洪辉一行参加了中坝社区2019年春节慰问活动暨捐资助学活动，并代表四川轻化工大学向中坝社区173户村民捐赠了慰问品。王洪辉对全体村民做了讲话，向中坝社区成功实现整村脱贫表示热烈的祝贺，祝福中坝社区今后发展得更好，早日建成幸福美丽新农村，让全体村民与帮扶单位一起共贺脱贫成果、共迎己亥新春、共展中坝未来。他表示，四川轻化工大学将按照中央、省委、宜宾市委要求，坚持脱贫不脱钩，今后将一如既往地关心、帮助、支持中坝社区建设与发展，继续派驻扶贫干部到县到村，继续与中坝社区村民一道，勠力同心，攻坚克难，支持中坝社区在实现乡村振兴的道路上阔步前行。王洪辉指出，2018年11月，四川理工学院成功更名为四川轻化工大学，这得益于省委省政府、市委市政府和关心帮助学校的各界人士朋友的大力支持，四川轻化工大学将永远铭记这份真情，在帮扶中坝社区的过程中回馈好这份真情。他表示，多次到中坝社区，感到大家的精神面貌发生了重大变化，希望大家继续坚持脱贫攻坚的精气神，推动中坝社区实现新发展。他鼓励中坝社区的小朋友们认真学习，早日考上自己心仪的学校。在新春佳节到来之际，他给全体村民拜早年，祝愿2019年中坝社区取得更大成就，祝全村群众新春快乐！健康长寿！

王洪辉一行还参加了中坝社区组织召开的以“欢迎回家过年、鼓励返乡创业”为主题的返乡民工座谈会。在座谈会上，王洪辉指出，外出务工人员是中坝的宝贵财富，大家通过外出打工的形式，既带回了经济财富，又带回了先进的思想理念等精神财富，希望大家当好中坝的宣传员、引导员、推销员，社区要大力宣传中坝的扶贫成效及翻天覆地的变化，要鼓励有一定基础、有想法的外出人员回乡创业，带动中坝发展，要带领有务工条件的其他村民春节后积极参与务工。

我校法律专业教师赵紫雄在现场给返乡农民工开展了普法教育，宣讲了与农民工有关的法律、法规知识，切实增强了农民工的法律意识，为农民工正当维权提供了智力支撑，并针对农民工如何维权进行了互动交流。

王洪辉一行看望了结对帮扶的贫困户杨恒旭、胡云华，详细了解他们的衣食住行情况、产业增收情况、年货准备情况，查看了冰箱里的肉食，以及床上的用品、衣柜里的衣物，并鼓励贫困户要听党话、感党恩，要积极配合村两委和驻村扶贫干部的工作安排，主动脱贫，大力发展产业。

王洪辉还查看了中坝社区壮大集体经济的产业项目——肉兔养殖场和果蔬烘干房，详细了解了项目的运行方式和股权量化模式，对中坝社区的相关工作和产业发展给予肯定，并指出：文体广场和聚居点绿化项目要加快实施速度，确保项目实施质量；要打造中坝特色产业，结合中坝水库建设和特色产业大力实施乡村振兴战略。

王洪辉一行还慰问了学校派驻的两位扶贫干部。他指出，在扶贫一线要提高政治站位，要讲责任担当，要讲牺牲奉献，同时也要保重身体，注意安全。他强调，屏山县2019年要实现全县摘帽，脱贫攻坚任务艰巨，中坝社区要加快建设发展，助推屏山县实现高质量脱贫，早日实现致富奔小康。

校党委书记王洪辉考察中坝社区肉兔养殖场

中坝社区村民参加慰问座谈会

中坝社区贫困群众及其他村民对四川轻化工大学及帮扶干部的无私奉献深表感谢！大家一致表示，将在今后的工作、生活中再接再厉，共同创造中坝社区的美好明天，绝不辜负四川轻化工大学领导和帮扶干部的真心真情，绝不辜负党和政府的好政策，绝不辜负新时代赋予的责任与担当。

2019 年 3 月 4 日，党委书记王洪辉率队赴屏山县对接 2019 年脱贫攻坚工作

2019 年 3 月 4 日，我校党委书记王洪辉率队赴屏山县对接 2019 年脱贫攻坚工作。我校党委组织部、办公室负责人陪同参加。

王洪辉书记一行到达后，首先考察了正在建设中的屏山县高铁站，详细了解了高铁站的建设周期、规模、相关配套设施等。高铁站是新建成贵高速铁路乐山至贵阳段的一个中间站，位于屏山县北侧 2 公里的凉坝村，站房设计面积 3 500 米 ^{2}，站前广场正在紧锣密鼓地施工，高铁站预计在 2019 年 4 月实现通车运营，通车后将带动屏山县经济和城市发展。

王洪辉书记一行调研了屏山县纺织产业园区建设。王洪辉书记对屏山县

校党委书记王洪辉考察正在建设中的屏山县高铁站

校党委书记王洪辉考察屏山县行政中心

产业园区建设给予肯定。他指出，屏山县招商引资的力度大、效率高，能在较短时间引进众多的纺织企业，这将推动屏山县纺织产业的全力发展，产业园区建成后也能大力解决屏山县的就业问题，将助推屏山县完成脱贫攻坚工作任务。调研完后，王洪辉书记一行又到屏山县行政中心参观了屏山县脱贫攻坚工作展板，详细了解了脱贫攻坚作战图、目标任务分解表、主导产业发展、乡村旅游发展等，并对屏山县脱贫攻坚工作表示了充分肯定。

考察之后，王洪辉书记一行出席了我校派驻屏山县的挂职干部见面会和 2019 年对口帮扶工作洽谈会。王洪辉书记对屏山县委、县政府对学校挂职干部的关心和支持表示感谢。为确保屏山县 2019 年顺利实现高质量摘帽，今年学校党委特派出国际合作与交流处副处长、国际学院副院长梁勇同志到屏山县挂职副县长，继续加大对屏山县的帮扶工作，同时要求挂职干部首先要提高政治站位，然后快速熟悉情况，尽快转换角色，扎实做好脱贫攻坚工作，筑牢校县合作沟通的桥梁，为继续加强和深化校县合作做出最大努力。

2019 年 5 月 14 日，党委书记王洪辉带队赴甘孜州雅江县开展脱贫攻坚调研

2019 年是脱贫攻坚进入决胜的关键阶段，我校对口帮扶甘孜州雅江县脱贫摘帽。为扎实做好 2019 年我校对口扶贫工作，确保 2019 年各项目标任务如期完成，2019 年 5 月 14 日至 16 日，学校党委书记王洪辉赴雅江县开展脱贫攻坚调研。学校党委常委、组织部部长宋弘，党委办公室主任张永锋陪同调研。

5 月 14 日，王洪辉书记一行在雅江县副县长石冬艳的陪同下实地考察了中国雅江（日基）松茸产业园区。王洪辉指出，产业扶贫是脱贫攻坚的重中之重，学校要充分发挥科技优势，提供智力支持，帮助雅江做好特色产业，辐射带动更多群众致富，持续巩固脱贫成效。

5 月 15 日，王洪辉书记一行前往瓦多乡中古村指导精准扶贫工作。一行人在县委常委、副县长杨相武和副县长石冬艳、组织部常务副部长刘刚、乡党委班子陪同下调研了瓦多乡中心小学、乡卫生院、水电移民木依安置点和呷德集镇安置点建设等；走访慰问了贫困户金子布日和巴珍，了解他们的家庭现状、贫困原因及脱贫举措等，鼓励他们要树立信心，勤奋努力，

校党委书记王洪辉一行考察瓦多乡政府搬迁地呷德集镇

校党委书记王洪辉一行慰问贫困户金子布日家

校党委书记王洪辉一行考察中国雅江（日基）松茸产业园区

争取早日脱贫致富。

王洪辉书记一行与雅江县、瓦多乡有关干部进行了座谈。会上，雅江县副县长石冬艳同志介绍了雅江县情况。瓦多乡党委书记格让降措就瓦多乡脱贫攻坚工作现状及瓦多乡“扎坝走婚文化”全域旅游的规划等方面进行了汇报。驻村工作队做了工作汇报。

王洪辉书记在座谈时指出，我校高度重视脱贫攻坚工作，将定点扶贫工作作为一项重要的政治任务和社会责任来抓，紧扣雅江县经济与社会发展现实需要，在教育、科技、文化、咨询与服务等多个领域开展了帮扶工作，取得了积极进展和成效。他强调，学校将进一步提高政治站位，充分发挥学校在思想、智力、人才等方面的优势，配合雅江县对标对表，查缺补漏，找问题、抓整改、补短板、添动力、促攻坚，为雅江县迈进全面小康社会贡献更多力量。针对瓦多乡经济以农牧林为主的情况，王洪辉书记指出，要结合地方特色，充分考虑产业发展，尤其是旅游业发展，充分利用好瓦多乡“扎坝走婚文化”的丰富旅游资源，学校将协助瓦多乡做好旅游产业发展规划等工作。

王洪辉书记亲切慰问了我校驻中古村驻村干部刘科财，充分肯定了驻村工作队员在精准扶贫攻坚工作中取得的成绩，要求驻村工作队要深入贯彻落实中央和省委决策部署，深化基层党建与脱贫攻坚“双推进”，落实好省、州、县在脱贫摘帽工作中的“五个一”等要求，攻坚克难、真抓实干，扎实推进各项帮扶项目落到实处、见到实效。

雅江县委常委、副县长杨相武指出，定点帮扶工作开展以来，四川轻化工大学对雅江县脱贫攻坚定点帮扶工作高度重视，帮助雅江县解决了一大批脱贫攻坚工作中的困难和问题，对四川轻化工大学在雅江县的帮扶表示衷心的感谢和崇高的敬意！

2019 年 5 月 16 日，校党委副书记龚敏、聂军一行到屏山县中坝社区考察调研扶贫工作

2019 年 5 月 16 日，校党委副书记龚敏、聂军一行到中坝社区考察调研扶贫工作，实地调研了中坝门户广场、中坝水库、聚居点河堤和绿化工程、文体广场等项目的建设情况，并召开了扶贫工作座谈会。

座谈会由我校挂职屏山县副县长梁勇主持。我校挂职中坝社区第一书记杨平就本村村情、脱贫攻坚、产业发展、项目建设、发展方向、驻村情况等方面进行了汇报。

聂军副书记指出：脱贫攻坚工作是党交给我们的一项长期的、光荣的政治任务，一定要做好预防返贫工作和巩固好脱贫成效；驻村工作队要履行好驻村工作职责，发挥好“宣传队”和“播种机”工作职能，激发贫困户争先脱贫的内生动力，改变贫困户的等、靠、要思想，把“精准”扶贫

校党委副书记龚敏、聂军一行在中坝社区召开扶贫工作座谈会

与“志智”扶贫相结合，提升“造血”功能，实现长效发展。

龚敏副书记肯定了中坝扶贫工作取得的成绩，并对扶贫工作提出了要求。她指出，每次到中坝都能看到新风貌，中坝能从“输血”功能转为“造血”功能，可见脱贫攻坚成绩可喜、成效显著，并对扶贫工作提出要求：一是中坝社区未来还需更大发展，需加强与学校相关职能部门和学院的对接，运用好各方面资源巩固脱贫攻坚工作；二是要着力构建产业发展的长效机制，实现可持续发展；三是要加强文化宣传，扩大中坝影响力；四是要注重教育扶贫，学校将在屏山中学建立生源基地，鼓励屏中学子到校深造，继续开展“大手牵小手”活动，激励学生学习；五是继续加强校县合作，服务地方经济建设。

梁勇表示，屏山县将按照校领导的工作指示，坚决贯彻落实脱贫攻坚工作，巩固好脱贫成效，按照屏山县高质量摘帽的要求，全力开展好各项工作。

校工会、招生就业处、纪委办公室、团委、法学院相关负责人陪同考察调研。

2019 年 5 月 27 日，美术学院设计雅江产品，助力脱贫

2019 年 5 月 27 日至 30 日，由美术学院·彩灯学院党总支书记郝善学带领的、黄磊副教授领衔的设计团队到我校结对帮扶的雅江县开展脱贫攻坚工作。

设计扶贫团队发挥专业优势，深入种养殖户进行实地考察、交流，与村干部进行座谈征询智力扶贫，助力精准扶贫的最佳方案，并开展田野调查。设计扶贫团队为雅江县 15 种农特产品（藏猪肉、藏鸡、牦牛肉系列、酥油、蜂蜜、糌粑、紫皮土豆、核桃等）进行品牌建设、包装设计、商标设计、品牌产业规划等工作，实施设计扶贫战略。因设计品种多、任务重、时间紧，前期调研完成后，设计团队将返回学校对这些产品进行包装设计。

我校设计团队 2018 年 8 月已经完成了雅江系列产品之松茸鲜品、松茸干片、黑木耳、黑虎掌、黄虎掌等品牌的包装设计工作，并获得雅江县评

审验收小组的高度评价和赞扬。正如郝善学在雅江农特产品调研座谈会谈到的一样：定位准确、符合消费者心理的产品包装设计，能够帮助雅江产品在众多竞争品牌中脱颖而出，赢得市场的认可是我们努力的方向，我们将全力做好雅江特色产品的设计工作，助力雅江精准扶贫，积极贡献我们的智慧与力量。

美术学院黄磊副教授在雅江交流设计方案

2019 年 5 月 27 日，我校中共第三党总支前往雅江县瓦多乡中古村开展精准扶贫

按照党中央、国务院“坚持打赢脱贫攻坚战”指导精神，学校坚持精准扶贫、精准脱贫，把扶贫工作作为重要使命，作为党员的重要任务，加快精准扶贫步伐，落实各项脱贫攻坚任务。根据学校推动脱贫攻坚工作的安排，2019 年 5 月 27 日至 29 日，学校中共第三党总支赴甘孜藏族自治州雅江县瓦多乡中古村开展精准扶贫工作，慰问了学校定点帮扶的中古村全体村民，并走访了第三党总支的结对贫困户阿朱尼玛。

雅江县副县长郑瑞源、农牧和科技局副局长付晓蓉、雅江县委组织部常务副部长刘刚、我校派雅江扶贫干部刘科财等同志就雅江县基本情况、脱贫攻坚计划、学校帮扶政策落实等方面向我校赴雅扶贫人员介绍了情况，并对此次赴雅扶贫慰问工作进行了具体协调与安排。

第三党总支一行人员在雅江县委组织部党务副部长刘刚、派驻中古村驻村干部刘科财等同志的陪同下，到我校对口帮扶的雅江县瓦多乡中古村深入了解脱贫攻坚工作的开展情况，并对全村村民进行了慰问。

部分村民得知四川轻化工大学前来调研慰问，赶到村口迎接，并为赴雅扶贫人员献上了哈达。我校人事处副处长黄丹梅代表中共第三党总支向聚集的村民做了慰问讲话，表达了学校把脱贫攻坚工作作为政治任务和社会责任，列为学校的首要工作，将会继续帮扶中古村落地落实各项脱贫工作任务。第三党总支扶贫人员代表学校向全村 26 户村民发放了大米、食用油、自贡特产香辣酱等生活品。尽管大部分村民只会当地藏语，语言不通，但他们还是不停地对大家说“扎西德勒”“卡措”，感谢学校为中古村脱贫攻坚工作所做出的努力。慰问品发放完毕，许多村民仍在村委会活动室外等候，久久不愿离去。

在中古村村委会活动室，中共第三党总支扶贫人员和雅江县、瓦多乡、中古村各级领导干部一起召开了座谈会。瓦多乡乡长洪建林向我校赴雅扶贫人员介绍了开展脱贫攻坚工作后中古村的发展与变化，同时也提出了下一步希望推进当地石材加工规模化、产业化，深度开发中古村藏民族特色旅游文化等工作的设想与规划。雅江县委组织部常务副部长刘刚高度评价了我校派驻中古村扶贫干部、雅江县委组织部副部长刘科财在中古村扶贫工作中所取得的成绩以及在脱贫攻坚工作中所起到的重要作用。瓦多乡人大主席、中古村第一书记扎西多吉，瓦多乡副乡长泽旺都登等向我校赴雅扶贫人员详细介绍了中古村的相关情况。

学校第三党总支入户慰问贫困户

学校第三党总支在中古村分发慰问品

我校赴雅扶贫人员一行走访了阿朱尼玛、布日等村民家，深入了解他们的住房、饮食、生活生产等基本情况，重点了解了“两不愁、三保障”等情

学校第三党总支与中古村村民合影

况。村民们向扶贫人员表达了对四川轻化工大学以及学校派出的驻村干部刘科财同志的感激之情。学校赴雅扶贫人员向已经脱贫的第三党总支结对帮扶贫困户阿朱尼玛表示，将持续关注他们全家的生产生活以及孩子的教育问题，巩固“脱贫”成果。

随后，我校赴雅扶贫人员又到瓦多乡中心小学看望了阿朱尼玛的两个孙女格让拉姆和卓玛，中心小学校长胡英向扶贫人员介绍了两个小姑娘的学习生活情况。正值“六一”节前夕，第三党总支给格让拉姆和卓玛带去了儿童节礼物，两个小朋友非常开心，用汉语主动告诉扶贫人员，她们将要在“六一”节表演节目。我校赴雅扶贫人员鼓励她们努力学习、提升本领，长大后为祖国为家乡做贡献。

2019 年 5 月 28 日，副校长刘康带队赴甘孜州雅江县等地开展科技扶贫调研工作

2019 年 5 月 28 日至 31 日，副校长刘康带队到甘孜州雅江县等地开展科技扶贫调研工作。学校科技处处长曾涛、生工学院院长罗惠波、土木学院党总支书记张捷、五粮液生态酿酒有限公司总工程师郭宾等参与调研工作。

5 月 28 日，副校长刘康一行在康定与甘孜州委副书记、州长肖友才，

副校长刘康一行召开脱贫攻坚调研座谈会

副校长刘康一行召开科技扶贫调研座谈会

州政府秘书长尹天飞，州科学技术局党委书记、副局长袁亮等领导就成立高原食品研究院事宜进行了研讨。副校长刘康详细介绍了我校在食品研究领域的优势与特色，成立高原食品研究院的现有基础与重要价值，表示我校将充分发挥学科专业和人才优势，全力推进研究院的建立，为推进精准扶贫工作做出有力的支撑和良好的贡献。州长肖友才对四川轻化工大学在甘孜州开展的精准扶贫工作表示感谢，对建立高原食品研究院表示完全赞同，要求州科技局立即落实。

5 月 29 日上午，副校长刘康一行到蓝逸公司康定生产基地参观，并就项目合作、成立研究院及科技扶贫等工作进行深入座谈。

5 月 30 日上午，副校长刘康一行到达雅江县，在雅江县政府 8 楼会议室召开科技扶贫调研座谈会。会议由雅江县委常委、副县长杨相武主持，雅江县组织部、农牧科技局等 10 余个部门与雅江中学、相关企业负责人参加座谈。

在听取了雅江县情况介绍后，副校长刘康表示，四川轻化工大学高度重视精准扶贫工作，把精准扶贫作为最大的政治任务来抓，学校将立足实际，充分发挥学校在人才、技术、资源等方面的优势，主动加强与雅江县各方对接，以产业扶贫为抓手，通过人才培训、技术联合攻关、产业规划等方式持续有力地推进精准扶贫工作，着力提升雅江县脱贫的自身“造血”功能，为早日脱贫、防止返贫奠定厚实的根基。

座谈会上，双方参会人员就精准扶贫的具体方式、合作项目进行了认真的研讨。

5 月 30 日下午，副校长刘康一行在雅江县委副书记刘静等陪同下来到雅江中学，在该校召开了高三学生交流会，介绍了我校基本情况，欢迎雅江学子报考我校。副校长刘康勉励雅江中学学子勤奋学习，用所学知识促进家乡发展。

调研结束后，副校长刘康要求参与调研的部门和学院要进一步充分发挥专业、人才和智力优势，加强对接沟通、细化帮扶措施，切实将精准扶贫工作落实落地，彰显学校的担当与使命。

2019 年 6 月 1 日，党委书记王洪辉、副校长肖兴政到中坝社区关心慰问儿童

2019 年 6 月 1 日，党委书记王洪辉、副校长肖兴政一行来到对口帮扶的屏山县书楼镇中坝社区关心慰问儿童暨指导扶贫工作。校党委组织部部长宋弘、党委办公室主任张永锋、管理学院党总支书记李坚、法学院党总支书记邹国正陪同参加。

上午 10 点 30 分，王洪辉、肖兴政一行首先到照中小学出席“六一”庆祝活动暨捐赠慰问活动。王洪辉代表学校向照中小学 85 名小学生致以节

党委书记王洪辉一行出席照中小学“六一”庆祝活动

党委书记王洪辉代表学校向照中小学捐赠计算机

党委书记王洪辉一行向照中小学学生捐赠校服

日的问候，向辛勤耕耘的老师们致以敬意。他说，小朋友们是祖国的花朵、民族的未来，希望小朋友们能珍惜自己宝贵的童年时光，好好学习，将来考上自己理想的大学，成为祖国的栋梁之材。然后，他代表学校向照中小学捐赠计算机16台，捐赠校服85套。照中小学是书楼镇中坝社区、松树村、照宝村联办的一所小学，只有学前班和二、四、六年级，共有小学生85人。活动结束后，王洪辉、肖兴政一行还参观了照中小学的厨房、食堂、教室和教师休息室，并对食品卫生、安全等方面提出了宝贵的建议。

上午11点，王洪辉、肖兴政一行到中坝社区党群服务中心出席了迎“端午”庆祝活动。本次活动共分为两个阶段，第一阶段为捐赠活动，第二阶段为法律讲座和扶贫知识有奖问答活动。中坝社区第一书记杨平致辞，代表驻村工作队、村两委向各帮扶单位——四川轻化工大学、宜宾市委政研室、屏山中学表示热烈欢迎和衷心感谢。屏山县副县长梁勇向出席本次活动的领导、嘉宾以及现场群众送上节日的祝福。

王洪辉向全体村民致以节日的问候，对中坝社区脱贫攻坚工作进行了充分肯定，希望村民能珍惜脱贫攻坚成果，勠力同心、继续努力，扎实做好脱贫攻坚工作，为确保屏山县实现高质量摘帽贡献力量。他还表示，四川轻化工大学将一如既往地关心、帮助和支持中坝社区的建设与发展，希望中坝社区早日建成幸福美丽的新村。捐赠仪式上，王洪辉、肖兴政还代表学校向中坝社区卫生评比“六净户”（六净指院坝净、堂屋净、卧室净、厨房净、厕所净、个人卫生净）颁发了荣誉证书和奖金，鼓励中坝社区村

党委书记王洪辉代表学校向中坝社区捐赠计算机

校党委书记王洪辉一行向中坝社区卫生评比“六净户”颁发荣誉证书和奖金

民养成卫生好习惯。

肖兴政在活动第二阶段首先讲话，他说：中坝社区脱贫攻坚工作虽然取得了不错的成绩，但发展任重道远，未来还要实施乡村振兴，而屏山县今年要实现高质量摘帽，希望驻村工作队、村两委和全体村民一道，继续努力；学校专门派了两位法律专家为村民开展法律讲座，重点在于让大家做到知法、懂法、守法，能够正确运用法律维权，争做遵纪守法的好公民，为中坝社区提升乡风文明程度提供智力支持。

随后，法学院副教授江凌燕、宋平就如何做一位遵纪守法的好公民、如何正确处理矛盾和纠纷、如何理性运用法律维权等主题在现场为村民开展了普法宣传。

校党委书记王洪辉一行入户慰问贫困户

活动结束后，王洪辉、肖兴政一行还走访慰问了对口帮扶的贫困户，与每户都亲切交谈，详细了解他们的子女读书、产业发展、家庭就业等情况和目前存在的困难，现场制定了“因户施策”的帮扶措施，尽心尽力解决贫困户的实际困难。然后，一行人参观了中坝社区河堤、聚居点绿化、文体广场、中坝水库等项目的建设情况。

2019 年 6 月 3 日，副校长肖兴政接待屏山县副县长钟震一行，共商脱贫工作

6 月 3 日下午，宜宾市屏山县委常委、人民政府副县长钟震、副县长梁勇、书楼镇党委书记彭锐敏一行到校进行党建工作交流，并为学校送上了感谢信和锦旗。

下午 3 点，校党委常委、副校长肖兴政在汇东校区综合楼四楼会议室热情接待了他们，相关部门负责人陪同。

彭锐敏就书楼镇的基本情况进行了介绍。书楼镇地处屏山南部，紧邻金沙江，与云南省隔江相望，有 8 个重点贫困村，属于扶贫重镇。2018 年，全镇已有 7 个村实现了全村脱贫，2019 年最后一个贫困村也将实现脱贫达标。

钟震对屏山县的基本情况进行了介绍。屏山县发挥自身优势，通过科技创新、人才引进等方面进行乡村振兴，他希望学校能更大程度地关心、支持屏山县的发展，为屏山县农业、旅游等资源的优化整合、文旅结合以及特色小镇建设出谋划策。

副校长肖兴政与屏山县领导进行党建工作交流

书楼镇党委书记彭锐敏介绍书楼镇情况

屏山县委常委、人民政府副县长钟震介绍屏山县情况

副校长肖兴政介绍学校扶贫情况

肖兴政副校长对钟震一行的到来表示热烈欢迎，并就学校的基本情况进行了简要介绍，同时对学校对口帮扶屏山县及书楼镇的一些情况进行了介绍。校党委组织部在学校选派了 2 名作风好、素质高、能力强的干部分别到屏山县挂职副县长，到书楼镇中坝社区挂职第一书记，进行全脱产驻县、驻村帮扶，大力加强对县（社区）帮扶、校县合作，并巩固中坝社区脱贫成果、致富奔小康。学校还积极开展专项培训，推进科技创新、交流合作、旅游事业、就业帮扶、志愿服务、法律援助服务等。2019 年，学校将继续发挥人才优势、科技优势和教育资源，把着力点放在解决中坝社区实际困难和问题上。

随后，屏山县书楼镇党委、政府为学校送上感谢信和锦旗，感谢学校对屏山县的帮扶支持，感谢学校原派驻中坝社区的第一书记王红旗 3 年来为屏山县书楼镇中坝社区脱贫攻坚付出的辛勤努力。

书楼镇党委书记彭锐敏代表党委、政府为学校送上感谢信和锦旗

书楼镇党委书记彭锐敏感谢原中坝社区第一书记王红旗的脱贫攻坚贡献

2019年6月20日，副校长刘康到雅江县调研科技脱贫

2019年6月20日，为做好学校对口帮扶雅江的科技扶贫工作，四川轻化工大学党委常委、副校长刘康率学校相关部门负责人赴雅江县开展脱贫攻坚调研，并举行了座谈会。座谈会由雅江县委常委、副县长杨相武主持。

杨相武代表雅江县委县政府致辞并介绍了雅江县县情。县委组织部、县农牧科技局、住建局等相关负责人分别汇报了雅江县干部人才、农牧自然资源、农牧科技产业、住建人才现状等情况。双方就雅江最具优势特色的松茸产业规划、产品科技创新进行了探讨。四川轻化工大学土木工程学院相关负责人就深度贫困专项培养情况向雅江县领导做了介绍。

刘康在座谈会上指出，四川轻化工大学党委将继续以更高站位、更大力度推进下一阶段定点扶贫工作。科技扶贫是有效衔接产业扶贫、智力扶贫、创业扶贫的重要抓手，是切实提高精准扶贫、精准脱贫质量的重要途径，是确保脱贫攻坚成效稳健可持续的重要保障。扶贫产业是稳定脱贫的试金石，有产业带动，脱贫人口才能获得持续性的财产收益，才能有保障、稳得住。学校将充分整合资源，提升合作层次，增强合作实效，在雅江农特产业提升，特别是龙头企业打造、教育文化发展、课题攻坚、人才培训等方面加强合作，服务雅江经济社会发展，推动雅江切实转入科学发展、和谐发展的轨道。

调研期间，刘康一行还到雅江中学、庆大沟、两河口水电站等地进行了现场考察。

2019 年 6 月 24 日，副校长颜杰带队到雅江县瓦多乡开展扶贫工作

2019 年 6 月 24 日至 26 日，四川轻化工大学副校长颜杰带领经济学院党总支书记吕春霞、副院长李启宇、旅游系吴晓东教授等一行 5 人，前往雅江县瓦多乡开展扶贫工作。此次雅江之行主要是为了帮扶雅江县瓦多乡顺利实现脱贫，走上致富奔小康道路。其中包括对雅江县瓦多乡的旅游资源开发的可行性和发展途径进行调研，为下一步瓦多乡旅游业的开发和发展奠定良好基础。

25 日上午，颜杰副校长一行在学校扶贫干部雅江县委组织部副部长、瓦多乡党委副书记、中古村驻村第一书记刘科财的陪同下，前往学校定点帮扶村中古村慰问村民。颜杰一行将米、油等慰问品一一分发给村民，并与村民们亲切交谈，了解他们在生活、生产等方面的问题，鼓励他们不断努力，夯实脱贫成果。

下午，颜杰副校长一行在雅江县副县长陈玉龙、县文化旅游局局长王

副校长颜杰一行在中古村村口合影

副校长颜杰一行慰问中古村村民

永强、瓦多乡乡长洪建林等乡干部陪同下，马不停蹄地赶往白龙村等地，实地考察当地的旅游资源，走访古村落、古遗迹，并就当地的旅游文化资源与乡干部进行了深入的了解。

实地考察结束后，校县双方就雅江县瓦多乡旅游开发的可行性和发展途径进行了深入座谈。座谈会上，雅江县文化旅游局局长王永强对雅江县文化旅游进行了介绍。瓦多乡乡长洪建林对瓦多乡的“124”发展思路进行了说明。在听取了雅江县各级干部的交流后，经济学院党总支书记吕春霞、副院长李启宇、吴晓东教授结合实地调研和当地干部的介绍，对雅江县瓦多乡旅游开发的可行性和发展途径提出了自己的见解，并表示愿意为雅江县旅游业的规划和发展提供更多的智力支持，助力雅江脱贫致富。

雅江县副县长陈玉龙表示，今天的旅游发展调研和座谈会非常成功，感谢四川轻化工大学务实有效的帮扶举措，接下来雅江县将切实保护当地的文化资源、旅游资源，希望学校与瓦多乡、雅江县文化旅游局加强沟通合作，加快实现瓦多乡的脱贫振兴，相信校县、校乡两地的合作之路会越走越好。

颜杰副校长进行了总结发言，他首先肯定了雅江县各级干部创业干事的热情和为民服务的担当，表示四川轻化工大学将竭尽所能、不遗余力从各方面支持雅江县瓦多乡的建设和发展。同时，他还介绍了学校产教融合的发展模式，表示校县双方可建立长效的合作机制，学校将充分发挥高校的职能，为地方政府服务，为雅江当地发展作出贡献。

2019年7月1日，校长庹先国带队到屏山县书楼镇中坝社区指导扶贫工作

2019年7月1日，为庆祝中国共产党建党98周年，屏山县书楼镇举办了“颂党恩、助脱贫、促振兴”文艺汇演活动。学校音乐学院选送了《美丽新时代》歌伴舞节目参演，中坝社区作为书楼镇8个重点贫困村代表参演了《我和我的祖国》合唱节目。

校长庹先国一行到达屏山县书楼镇观看文艺汇演和指导扶贫工作，学

书楼镇脱贫攻坚省市帮扶单位座谈会

校党委常委、组织部部长宋弘，行政办公室副主任刘兴勇，屏山县人民政府副县长梁勇陪同。

文艺汇演结束后，庹先国一行调研了书楼镇打造的“马湖古城”及其他产业发展项目等，并参加了书楼镇脱贫攻坚省市帮扶单位座谈会。会议由屏山县委常委、组织部部长、书楼镇联合党委书记陈林主持。会议第一项议程为各重点贫困村和书楼镇联合党委汇报脱贫攻坚工作，中坝社区第一书记杨平率先进行工作汇报。会议第二项议程为市级各帮扶单位分别发言，宜宾市参加的帮扶单位有丝丽雅集团、新闻网、市邮政公司、市工商联、市工业和军民融合局、市房管局、市双城局、市委政研室等。

会议第三项议程为庹先国讲话。他首先向奋斗在书楼镇脱贫攻坚一线的同志们表示关心和慰问；其次肯定了书楼镇联合党委在脱贫攻坚工作中取得的成效；然后介绍了学校的基本情况、发展现状、招生规模；最后从新农村发展、乡村振兴、校地合作、以购代捐等方面，希望进一步解放思想，深化校地合作，探寻高效合

庹先国校长在书楼镇脱贫攻坚省市帮扶单位座谈会上讲话

庹先国校长一行考察中坝社区生产生活状况

作模式。他表示学校将继续动员教职员工，充分发挥校友资源，大力开展以购代捐；继续加强扶贫力度，开展教育扶贫、科技扶贫、文化扶贫、智力扶贫，配合地方政府充分做好防返贫工作；继续发挥各学院的专业优势，深入合作研发深加工农产品，延长农产品的保质期限，提高产品的经济附加值，解决贫困村的产业短板；全力做好对口扶贫帮扶工作，为屏山县实现高质量摘帽贡献力量。

座谈会结束后，庹先国即刻赶往中坝社区查看项目建设和产业发展情况，并慰问贫困户。他关心贫困户“两不愁、三保障”的基本情况，入户查看环境卫生和生活现状，与贫困户亲切交流，了解其产业发展、就业需求等情况。

2019 年 8 月 17 日，校长庹先国赴雅江县开展脱贫攻坚调研并签订校县战略合作框架协议

为进一步深化校地合作，固化精准扶贫成果，助力雅江县脱贫奔小康，2019 年 8 月 17 日，庹先国校长赴雅江县开展脱贫攻坚调研并签订校县战略合作框架协议。校党委组织部部长宋弘、学校行政办公室主任刘兴勇、行政办公室综合科科长何俊材陪同调研。

当天上午，庹先国一行在雅江县委副书记刘静、瓦多乡党委书记格让降措的陪同下，来到我校定点帮扶的中古村开展集体慰问。慰问会上，格让降措代表全体村民对庹先国一行不辞辛劳亲临慰问表示热烈的欢迎，对四川轻化工大学长期以来的结对帮扶表示衷心的感谢。

庹先国校长指出，四川轻化工大学高度重视精准扶贫工作，学校与中

校长庹先国一行在中古村集体慰问村民

古村早已“结对成亲”，我们将继续“注真情、动真格、用真心、真帮扶”，助力“亲戚”脱贫奔小康。随后，庹先国一行实地调研了中古村通村路入户路和村民活动室等基础设施的建设情况，走访慰问了贫困户阿朱尼玛、阿忠和瓦科达理、车布日等村民代表，了解他们的家庭现状、收入来源及扶贫政策的落实情况等，鼓励他们继续努力，夯实脱贫成果，早日致富奔小康。

下午，我校与雅江县人民政府在县政府八楼会议室隆重举行了战略合作框架协议签约仪式。我校党委组织部部长宋弘、雅江县委组织部部长古伯阳分别代表校县双方签署了协议。签约仪式由雅江县委副书记刘静主持，县委书记刘宗建，县委组织部、发改局、经信商务局、农牧局、攻坚办等部门的负责人和庹先国一行共同参加了签约仪式。

签约仪式上，刘宗建书记代表县委、县政府、人大、政协及5万余雅江人民对庹先国一行莅临雅江进行脱贫攻坚调研表示热烈的欢迎和衷心的感谢。他指出：自四川轻化工大学对口帮扶雅江县脱贫攻坚工作1年多时间以来，学校领导先后15次不辞辛劳、亲临一线，进村入户调研指导脱贫攻坚工作；四川轻化工大学美术学院设计团队前后3次赴雅江无偿为30余类农牧林产品进行包装设计；法学院法律帮扶小组长期热情地提供线上、线下的法律援助服务；70余名雅江小朋友参加了“走出大山看世界　梦想起航”暑期夏令营活动；220余名干部和教师参加了“能力素质提升培训”。

庹先国校长一行慰问贫困户阿朱尼玛家

我校与雅江县战略合作框架协议签订仪式

这些都充分体现了四川轻化工大学对雅江脱贫攻坚的关心支持、对雅江各族人民的深情厚谊、对雅江各项事业的大力支持。在今后的合作中，我们将按照“真诚合作、优势互补、共同发展”的原则，多领域、多层次沟通交流，希望依托四川轻化工大学的科技、人才、信息等优势资源，在教育帮扶、产学研合作、生态文明建设等领域给予更多帮助，共同搭建合作平台，走出一条务实创新的校县合作新路子。

庹先国校长在讲话中指出，雅江生态美、民风淳、资源富集，发展潜力巨大，后发优势明显，打赢打好脱贫攻坚战关键在于想清楚、走对路，坚持“扶贫先扶志、扶贫扶长远”。他表示，四川轻化工大学将充分发挥学科专业优势，一如既往地支持雅江经济社会持续健康发展，助力雅江县打赢打好脱贫攻坚战，希望双方聚焦脱贫摘帽总目标，进一步加强对接交流，深化校地合作，落细落实双方约定的帮扶项目，争取早日脱贫奔小康。

调研期间，庹先国还慰问了我校驻中古村干部刘科财同志，肯定了他在精准扶贫工作中付出的努力和取得的成绩，并要求他继续沉下心来，立足村情，开动脑筋，协助村两委开展好工作，切切实实帮助村民脱贫致富，打赢打好脱贫攻坚战。

2019年11月4日，副校长颜杰带队赴雅江县中古村开展对口帮扶活动

2019年11月4日，颜杰副校长带队到学校对口扶贫的雅江县瓦多乡中古村开展对口帮扶活动。学校应用技术学院院长钟世荣、副书记张强随行。雅江县委常委肖解放等领导陪同参加了该活动。

帮扶工作队开展了集体慰问活动，给中古村贫困户带去了米、油等生活必需品，还特意准备了村民喜爱的自贡特产香辣酱。应用技术学院党总支与中古村支部开展了结对共建活动，活动以集体党课形式展开。

颜杰副校长为中古村党员、到访的学校和县乡党员做了题为“坚持和完善中国特色社会主义制度”的十九届四中全会精神宣讲主题党课，围绕我国制度和治理体系的显著优势和今后需要坚持和完善的内容进行了讲解，并结合脱贫攻坚、基础设施、两河口电站建设等村民身边的实例进行了阐释。

钟世荣、张强分别向党员们介绍了学前教育到高等教育的优惠政策、高原慢性病的注意事项、高原地区菌类栽培情况等信息。

中古村驻村第一书记刘科财向颜杰副校长汇报了中古村的扶贫工作开展情况，并带领工作队走访了贫困户。

副校长颜杰一行慰问中古村村民

2019年11月14日，党委副书记、纪委书记聂军带队赴凉山州布拖县考察调研扶贫工作

聂军副书记进村入户了解情况

为确保我校对口帮扶点凉山州布拖县脱贫攻坚工作任务稳步推进，如期完成各项脱贫目标任务，2019年11月14日至15日，我校党委副书记、纪委书记聂军代表学校党委、行政，赴凉山州布拖县考察调研精准扶贫工作。

11月14日，聂军书记与我校驻村扶贫干部、彝族同胞亲切交流，听取驻村扶贫工作情况汇报，了解彝族同胞的风俗文化、生活状况，询问驻村扶贫干部的工作、生活等情况。

11月15日，聂军书记在驻村扶贫干部的陪同下进村入户，仔细询问农户们的生产生活、物产销售、家庭收入以及交通等情况，表达了学校党政的深切关心和慰问。

凉山州布拖县委组织部常务副部长结子非刚、学校科技处副处长王玉珏、驻村扶贫干部赵德奎、执纪审查科科长缪昊轩陪同调研。

2019年12月23日，党委书记王洪辉率队赴雅江县调研指导扶贫工作

为扎实推进学校对口帮扶雅江工作，2019年12月23日至25日，学校党委书记王洪辉率队赴甘孜州雅江县调研指导扶贫工作。

党委书记王洪辉一行在雅江县委常委、组织部部长降拥尼玛，雅江县

委党建办副主任胡志强及雅江县瓦多乡党委副书记吴毅等陪同下，前往我校定点帮扶的中古村开展扶贫考察调研和慰问活动。

王洪辉书记首先对中古村进行集体慰问，乡党委副书记吴毅主持慰问仪式，吴毅代表全体村民对王洪辉一行不辞辛劳亲临慰问表示热烈欢迎！对四川轻化工大学长期以来的结对帮扶表示衷心的感谢！

王洪辉书记对中古村取得的脱贫攻坚成效表示肯定，并对雅江县如期顺利脱贫摘帽表示祝贺！王书记强调，2020 年要全面建成小康社会，我校在这一伟大进程中，必须担负起应尽的政治责任。我校会进一步做好结对帮扶，各基层党组织要把结对帮扶落到实处，抓住农村党支部建设和教育扶贫这两个重点，激发脱贫致富的内生动力，构建脱贫不返贫的长效机制；要结合实际，特别是在两河口水电库区蓄水后做好旅游产业，鼓励他们不断努力，夯实脱贫成果。

王洪辉书记一行向全村 26 户村民发放了大米、食用油、砖茶等生活品，村民们激动地说“扎西德勒”“卡措”，感谢学校为中古村脱贫攻坚工作所做出的努力。

集体慰问后，法律顾问室涂强老师对中古村村民进行了“农民夜校”法律法规知识方面的培训，倡导村民要冷静处理各类矛盾纠纷，做到遇事

党委书记王洪辉一行慰问中古村村民

找法、办事依法、解决问题用法、化解矛盾靠法。

党委宣传部副部长范光杰给中古村村民做了十九届四中全会宣讲报告，他围绕“坚持和完善中国特色社会主义制度、推进国家治理体系和治理能力现代化”这个主题，对四中全会精神进行了全面讲解，阐明了党的十九届四中全会的重大意义，阐释了中国特色社会主义制度和国家治理体系的显著优势，解读了四中全会《中共中央关于坚持和完善中国特色社会主义制度 推进国家治理体系和治理能力现代化若干重大问题的决定》提出的总体要求、总体目标和重点任务以及加强党的领导的明确要求。

雅江县委常委、组织部部长降拥尼玛指出，定点帮扶工作开展以来，四川轻化工大学对雅江县脱贫攻坚定点帮扶工作高度重视，帮助雅江县解决了很多工作中的困难和问题。他对四川轻化工大学在雅江县的帮扶表示衷心的感谢和崇高的敬意！

调研期间，王洪辉书记还慰问了我校驻中古村干部刘科财同志，对刘科财扎根乡村、全力带领群众脱贫致富的精神和取得的成绩表示肯定和欣慰，并希望他戒骄戒躁、继续努力。

我校党委常委、组织部部长宋弘，党委办公室主任张永锋，党委宣传部副部长、统战部副部长范光杰，化工学院党总支副书记黄斌，法律顾问室负责人涂强等陪同参加。

2020年1月2日，副校长高小林出席我校与屏山县科技合作交流会

2020年1月2日上午，我校与屏山县科技合作交流会在宜宾校区综合楼424会议室举行。副校长高小林出席会议。科技处处长曾涛主持会议。

高小林副校长在致辞中回顾了学校发展概况、学校特色产业学院建设、产教融合发展战略、与宜宾市产教融合合作、对屏山县科技扶贫助力脱贫攻坚等情况。高小林副校长表示，我校在办学过程中，秉承“开放办学、智慧办学、创新办学、合作办学”理念，立足服务地方经济社会全面发展，开展校地、校企合作，将一如既往地为推动屏山县、宜宾市经济社会发展

四川轻化工大学与屏山县科技合作交流会

贡献力量。

屏山县挂职干部、科技部火炬高技术产业中心成果推广处处长、屏山县委常委、副县长徐轶做了讲话。他介绍了屏山县依托“四级联动”体系开展科技扶贫、发展产业及推进“幸福奋进新屏山”建设的具体做法，希望和四川轻化工大学合作，寻求在农业、工业、创新主体培育、科创中心建设 4 个方面开展深度合作，通过合作让校地合作落地、落实、落细，并产生良好的效益。

屏山县相关人员介绍了开展合作的具体领域和方向。

学校相关参会人员针对屏山县需求，进行了现场对接交流，并对后期具体事宜的落实进行了商谈。

2020 年 1 月 17 日，我校党委副书记、纪委书记聂军率队到中坝社区指导扶贫工作暨开展春节慰问活动

2020 年 1 月 17 日，党委副书记、纪委书记聂军率队到学校对口扶贫的屏山县书楼镇中坝社区指导扶贫工作暨开展春节慰问活动。校党委常委、组织部部长宋弘，党委办公室副主任刘丰荣，宜宾市扶贫开发局副局长、屏山县人民政府党组成员梁勇参加。

上午 10 时 30 分，聂军一行到达中坝社区后，首先举行了中坝社区返

乡农民工座谈会。会议由学校下派到中坝社区的第一书记、驻村工作队队长杨平主持。梁勇副局长在致辞中指出：农民工朋友们背井离乡、在外打拼不容易，屏山县非常重视农民工工作，尤其是针对农民工薪酬的兑现制定了措施；中坝社区的脱贫攻坚工作快进入尾声，下一步将实现乡村振兴战略，中坝的发展需要农民工朋友回家支持，欢迎广大农民工朋友回家过年和返乡创业！杨平就中坝社区 2019 年脱贫攻坚工作和鼓励农民工返乡创业的政策支持进行了汇报。

聂军书记在讲话中指出，2019 年他到中坝社区 3 次，每次都能感受到中坝的变化，说明中坝发展的车轮在不停行驶。脱贫攻坚是一项伟大工程，取得了举世瞩目的成绩。虽然中坝脱贫了，但脱贫不脱政策、不脱帮扶，四川轻化工大学将持续大力帮扶中坝。国家通过城乡统筹、脱贫攻坚，拉近了乡村与城市的距离，使乡村变得更美，农村的发展使得国家整体经济发展相对平衡。农村居民平均年龄的增长也与农村生活水平和医疗保障的提高息息相关，农村的幸福指数、乡风文明在不断提升。脱贫攻坚与乡村振兴实现无缝连接，同时也给农民工朋友提供了广阔的发展空间。农民工朋友在外见多识广，可以将外面发展的新理念、新思路、新技术等带回家，利用好相关资源，带动家乡群众共同创业，可以从小做起，逐步做大做强，由此改变家乡，为家乡的发展作出贡献，实现自己的人生价值。

座谈会上，农民工朋友们踊跃发言，对相关政策、就业平台、发展规

2020 年中坝社区返乡农民工座谈会

校党委副书记、纪委书记聂军一行慰问中坝社区农民工

划等分别进行了提问。聂军书记对农民工朋友提出的每一个问题都做了耐心、细致的解答。

座谈会后，一行人举行了春节慰问活动，为中坝社区 173 户村民实现了全覆盖捐赠，送去了学校的温暖。聂军书记代表学校向农民工朋友发放了慰问品，并深入所帮扶的贫困户家中，关心了解他们平时的生活和过年的准备情况。

2020 年 2 月 18 日，我校定点帮扶的宜宾市屏山县顺利实现脱贫摘帽

2020 年 2 月 18 日，四川省人民政府发布《关于批准叙永县等 31 个县（市）退出贫困县的通知》，批准包括屏山县在内的 31 个贫困县脱贫摘帽。这是屏山县历史上具有划时代意义的大事。这一重大成就的取得，离不开我校的倾力帮扶和无私援助。

中共屏山县委、屏山县人民政府向我校发来感谢信，对我校近年来对屏山县脱贫攻坚工作的倾力帮扶和无私援助，助推屏山县顺利实现脱贫摘帽表示感谢。感谢信还对我校先后派出的王红旗、梁勇和杨平 3 名同志给予充分肯定。他们以满腔的政治热情，投身屏山县脱贫攻坚主战场，与基层干部群众同吃、同住、同劳动，把贫困村当家乡、把贫困群众当家人、把

贫困增收当家事，千方百计带领贫困群众发展产业、脱贫致富，为屏山县脱贫攻坚事业发展注入了强劲动力。王红旗、梁勇和杨平 3 名同志也因为在驻村帮扶工作中取得的优异成绩，全部被评选为“屏山县 2019 年度脱贫攻坚工作先进个人”。

我校自 2016 年定点帮扶屏山县以来，充分发挥人才智力、学科专业和党建群团等优势，先后投入近 200 万元，开展城乡党建结对帮扶、干部教师培训、富硒产业精深加工、村集体经济和基础设施建设、法律援助、特色农产品以购代捐及大学生暑期“三下乡”活动等帮扶工作，有力地提升了帮扶地区基层党建以及社会经济事业发展能力和发展活力，为屏山县坚决打赢脱贫攻坚战，高质量建设幸福奋进新屏山作出了重要贡献。

2020 年 3 月 10 日，倾情倾力抗“疫”同行：四川轻化工大学向雅江县捐赠口罩

越是紧要关头，越能映照初心。越是关键时刻，越显责任担当。自疫情防控阻击战打响以来，四川轻化工大学党委认真贯彻落实习近平总书记重要指示精神以及党中央国务院和省委省政府关于疫情防控工作的决策部署，严格按照当地党委政府的防控工作要求，切实履职尽责，在多措并举做好全校 40 000 余名师生的疫情防控工作的同时，始终牵挂着对口帮扶县群众的身体健康和生命安全。近日，为进一步做好对口帮扶县的疫情防控工作，在获悉雅江县疫情防控物资口罩十分紧缺的情况后，学校向该县捐赠 10 000 只一次性口罩，以温情相守，共克时艰，助力防疫一线逆行英雄们“披甲上阵”，守护一方净土。

四川轻化工大学党委副书记、校长庹先国说：“病毒无情，口罩有爱。学校党委高度重视定点帮扶工作，在自身防疫物资不富余的情况下，多方协调、全力筹措，第一时间以捐赠的形式助力雅江县打赢新冠肺炎疫情防控阻击战。”

四川轻化工大学党委书记王洪辉表示，学校师生牢记人民利益高于一切，把疫情防控工作作为考验党性观念、检验初心使命的试金石和磨刀石，

切实履行帮扶责任，全力以赴帮助雅江县开展疫情防控、脱贫攻坚各项工作，确保雅江经济产业平稳运行和社会和谐稳定。

四川轻化工大学自对口帮扶甘孜州雅江县、定点帮扶中古村以来，发挥教育行业优势，紧盯扶贫工作各项目标任务，下足“绣花”功夫，汇聚各方力量，将学校各项帮扶措施落到实处，精准发力，倾情帮扶。学校定点帮扶的中古村已于2018年整村脱贫，退出贫困系列，对口帮扶的雅江县也于2019年脱贫摘帽。

携手连心，共抗疫情。四川轻化工大学将持续关注对口帮扶县和定点帮扶村的疫情防控工作和扶贫工作，把疫情防控工作与脱贫攻坚工作相结合，把握工作重点，巩固脱贫攻坚成效，奋力书写助力脱贫攻坚的“高校样本”。

2020年4月3日，我校党委书记王洪辉到屏山县中坝社区指导扶贫工作

2020年4月3日上午，校党委书记王洪辉带队，副校长刘康，组织部部长宋弘，党委办公室主任张永锋、副主任刘丰荣一行5人到屏山县书楼镇中坝社区指导扶贫工作。屏山县委常委、组织部部长张兴兰，宜宾市扶贫开发局副局长、屏山县人民政府党组成员梁勇等陪同参加。

党委书记王洪辉一行在中坝社区召开扶贫工作座谈会

王洪辉一行到达中坝社区后，立即召开了扶贫工作座谈会。学校扶贫干部、中坝社区第一书记、驻村工作队队长杨平汇报了中坝社区2019年脱贫攻坚工作取得的成绩和2020年扶贫工作规划。屏山县委常委、组织部部长张兴兰对学校充分发挥人才、科技、教育等资源优势，从人才培训、产业帮扶、党建结对等方面助推屏山县实现高质量摘帽目标表示衷心的感谢！张兴兰部长表示，2020年是国家全面决战决胜脱贫攻坚的收官之年，屏山县脱贫攻坚工作任务依然艰巨，相信在省市党委政府的坚强领导下，在四川轻化工大学等帮扶单位的大力支持下，屏山县将以党建为引领，进一步科学谋划各项脱贫攻坚工作，巩固脱贫成效，在做好疫情防控的同时，全力做好复工复产相关工作，促进经济社会发展，坚决打赢脱贫攻坚战。

王洪辉书记指出，2020年全国脱贫攻坚任务艰巨，习近平总书记在决战决胜脱贫攻坚座谈会上的讲话中强调，各帮扶单位要严格落实“摘帽不摘责任、摘帽不摘政策、摘帽不摘帮扶、摘帽不摘监管”的要求，进一步做好各项帮扶工作。学校将严格按照习近平总书记的要求，在省委、省政府的坚强领导下，进一步发挥各项优势，从党建结对、就业帮扶、以购代捐等方面持续加大帮扶力度，真正做到“扶上马再送一程”，巩固好中坝社区脱贫成果，加强脱贫攻坚与乡村振兴衔接统筹，全面提升脱贫攻坚质量和水平。王洪辉书记强调，受新冠肺炎疫情影响，经济社会发展受到巨大影响，中坝社区的产业发展同样受到很大影响，对于如何坚决克服新冠肺炎疫情影响，确保贫困户稳定增收，建立好防致贫、防返贫的长效机制，中坝社区一

校党委书记王洪辉一行入户走访慰问贫困户（一）

校党委书记王洪辉一行入户走访慰问贫困户（二）

定要多加思考，找到一条符合自身发展实际的产业发展道路，确保中坝社区顺利实现小康。就新冠肺炎疫情的防控工作，王洪辉书记要求，中坝社区不能掉以轻心，全国疫情虽得到极大缓解，但要严防输入性病例，对外地返乡人员、流动人员和无症状人员要加大摸排和监测，保障全村老百姓身体健康和生命安全，要做到疫情防控和脱贫攻坚工作“两手抓、两手硬”，确保脱贫攻坚工作的顺利进行。

座谈会结束后，王洪辉、刘康一行入户走访关心慰问结对帮扶贫困户，与他们亲切座谈，了解他们的生活现状，关心生产及就业情况，帮助解决存在的困难和问题，使贫困户感受到了脱贫帮扶政策的温暖。

2020 年 4 月 3 日，学校与屏山县举行校县合作签约仪式

2020 年 4 月 3 日下午，学校与屏山县人民政府校县合作协议签约仪式在屏山县举行。宜宾市委常委、屏山县委书记廖文彬，县委副书记、县长代军，学校党委书记王洪辉，副校长刘康出席签约仪式。屏山县委常委、副县长徐铁主持签约仪式。

代军县长在致辞中详细介绍了屏山县的现状、脱贫攻坚情况及未来发展战略。

廖文彬书记感谢学校长期以来对屏山县脱贫攻坚的大力支持。他指出，屏山县摆脱落后的真正动力是开拓创新，而四川轻化工大学作为屏山县对口帮扶的高校，能为屏山县未来高质量发展给予强大的科技和智力支撑。屏山县将更加虚心、更加主动、更加注意做好衔接，全力以赴为校县合作相关项目做好服务。廖文彬书记强调，相信在学校的大力支持下，屏山县一定可以后来居上、后来居快、后来居佳、后来居好。

王洪辉书记对宜宾市和屏山县长期以来给予学校的支持和帮助表示衷心感谢！王洪辉书记指出，学校与屏山县有长期合作关系，校县合作的重中之重是要把协议落到实处，希望双方以合作协议签署为契机，依托各自的资源优势，在科技产业合作、创新创业领域、人才培养等方面深度融通，打造密切合作新亮点、培育合作新特色、树立校县合作新典范，努力把屏

四川轻化工大学与屏山县举行校县合作签约仪式

屏山县县长代军、四川轻化工大学副校长刘康在合作协议上签字

山县的生态资源变为发展优势，真正让合作开花结果。

交流会后，屏山县县长代军、学校副校长刘康分别代表屏山县和学校在合作协议上签字。

屏山县委常委、副县长徐铁，县委常委、组织部部长张兴兰，县政府党组成员陈钢、梁勇及相关部门负责人，学校党委常委、组织部部长宋弘，党委办公室主任张永锋，党委办公室副主任刘丰荣等参加签约仪式。

2020年6月1日，党委书记王洪辉率队到中坝社区关心慰问儿童暨指导脱贫攻坚工作

2020年6月1日，我校党委书记王洪辉率队到对口帮扶的屏山县书楼镇中坝社区关心慰问儿童暨指导脱贫攻坚工作，校党委常委、组织部部长宋弘，党委办公室主任张永锋陪同参加。

上午10时30分，王洪辉书记一行来到中坝社区的照中小学，参观了学校的图书室、教室、食堂和学校厨房，认真查看了学校的疫情防控、食品卫生、教学设备、师资力量等情况，就如何加强教师队伍力量和食品安全提出了宝贵建议。照中小学为书楼镇中坝村与照宝村于2008年合并的一所小学，今年只有学前班和小学一、三、五年级，有4名任课教师，每位教师负责一个年级的教学，共有小学生67人。

上午11时，王书记一行出席了照中小学2020年庆“六一”国际儿童节暨捐赠慰问活动。活动首先举行升旗仪式，王书记代表学校向全体小学生致以节日的问候和美好的祝愿，向辛勤耕耘的老师们表达了敬意。他说：小朋友们是祖国的未来、民族的希望，肩负着在祖国实现全面小康后，复兴中华民族的光荣使命；希望小朋友们志存高远、勇攀高峰，努力学习、奋发向上，加强锻炼、强健体魄，团结友爱、乐于助人，长大后能成为国家的栋梁之材，报效祖国。王书记代表学校向照中小学捐赠了价值4 000余元的体育用品，为照中小学增添了体育设备，丰富了小朋友们的文化生活。宜宾市委政研室副主任李兴建、书楼镇镇长陈光辉、书楼镇中心校校长胡正平参加了慰问活动。

活动结束后，王书记一行来到中坝社区指导脱贫攻坚工作。学校下派扶贫干部、中坝社区第一书记杨平汇报了中坝社区2020年重点工作，主要从疫情防控、村建制调整改革、全面决战决胜脱贫攻坚、基础设施建设等方面做了详细汇报；陈光辉汇报了书楼镇2020年开展的主要工作。最后，王书记表示：今年是全国全面决战决胜脱贫攻坚的收官之年，一定要建立好防返贫、防致贫的长效机制，巩固好脱贫攻坚成果，全力关心和帮扶好

校党委书记王洪辉致辞

村上的重点户，加强感恩教育、做好帮扶措施，确保7月脱贫攻坚普查工作高质量完成，稳步扎实走好脱贫攻坚的“最后一公里”；学校将持续做好对口帮扶工作，继续加强教育帮扶、科技帮扶、文化帮扶。座谈会结束后，王书记还关心慰问了对口帮扶的贫困户，查看了中坝社区的党建文化及项目建设，提出了工作要求。

2020年6月16日，党委书记王洪辉率队赴雅江县调研指导扶贫工作

为扎实推进学校对口帮扶雅江工作，6月16日至18日，党委书记王洪辉率队赴甘孜州雅江县调研指导扶贫工作。

王洪辉书记一行在雅江县政协副主席甲马、雅江县瓦多乡乡长洪建林、瓦多乡党委副书记扎西多吉等陪同下，前往我校定点帮扶的中古村开展扶贫考察调研和慰问活动。

王洪辉书记一行首先参加了学校应用技术学院党总支与中古村党支部的“结对共建强堡垒，党建引领促发展”主题党日活动。在共唱国际歌后，王洪辉书记带领大家重温了入党誓词，现场指导了党支部的党建知识竞赛活动。应用技术学院党总支副书记张强做了民法典宣讲的专题党课，就民法典的重要意义、村民委员会的特别法人地位、土地权属变化、土地经营

权、宅基地使用权等内容给党支部成员做了普法宣讲。

随后，王洪辉书记对中古村村民进行了集体慰问，瓦多乡乡长洪建林主持慰问仪式。洪建林代表全体村民对王洪辉书记一行不辞辛劳亲临慰问表示热烈欢迎！对四川轻化工大学结对帮扶两年多来的倾心尽力表示万分感激！王洪辉书记一行向全村 26 户村民发放了慰问品，并深入部分村民家中走访慰问，对他们的家庭人员、经济收入情况、生活困难等方面进行了细致了解。

王洪辉书记对中古村取得的脱贫攻坚成效表示肯定，对中古村两年多来的变化表示欣喜。王洪辉书记强调：2020 年是脱贫攻坚决胜年，我校在这一伟大进程中，必须担负起应尽的政治责任；我校会进一步做好结对帮

校党委书记王洪辉一行在中古村慰问村民

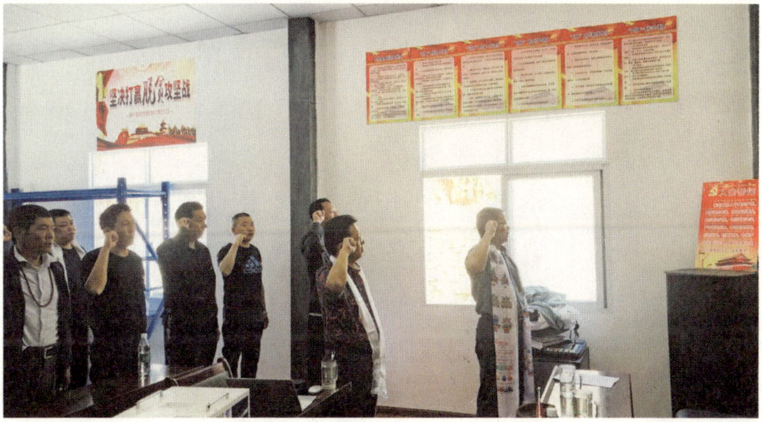

校党委书记王洪辉带领大家重温入党誓词

校党委书记王洪辉一行慰问中古村村民

扶，各基层党组织要把结对帮扶落到实处，抓住农村党支部建设和教育扶贫这两个重点，激发脱贫致富的内生动力，构建脱贫不返贫的长效机制。王洪辉书记勉励村民要不断努力，夯实脱贫成果，在努力做好疫情防控前提下紧抓虫草、松茸的采摘生产。

王洪辉书记一行还参观了瓦多乡乡政府搬迁建设工地，与瓦多乡党委书记格让降措就瓦多乡搬迁建设、今后的发展等情况进行了交流。

调研期间，王洪辉书记还慰问了我校驻中古村干部刘科财同志，对刘科财扎根乡村、全力带领群众脱贫致富的精神和取得的成绩表示肯定和欣慰，并希望他戒骄戒躁、继续努力。

副校长高小林、党委组织部部长宋弘、党委办公室主任张永锋、后勤管理处处长封雪松、应用技术学院党总支副书记张强等参加。

2020 年 6 月 28 日，党委书记王洪辉率队赴沿滩区立志村开展“决战决胜脱贫攻坚”帮扶慰问活动

为更进一步扎实推进“决战决胜脱贫攻坚”工作，2020 年 6 月 28 日上午，我校党委书记王洪辉率队与沿滩区委领导、永安镇领导一起走进立志村开展帮扶慰问活动。

王洪辉书记一行与沿滩区委书记黄雪智在活动现场进行了亲切交流，双方共叙四川轻化工大学与沿滩区的深厚渊源。王洪辉书记指出，双方应在更多领域共谋发展。

在主题党课中，体育学院副院长王红旗以“心怀感恩、励志前行”为题，讲述了自己的扶贫经历和感受。永安镇党委书记李永兵、沿滩区委副书记徐浩泳、王洪辉书记分别在讲话中表示，将按照决战决胜脱贫攻坚的要求，

校党委书记王洪辉一行在立志村会议室与沿滩区领导、村民交流

坚决落实好各项工作。

王洪辉书记在讲话中回顾了学校对立志村的帮扶历程，用自己的亲身见闻和感受说明了立志村的发展变化。王洪辉书记指出，教育扶贫，就要从扶智开始，要阻断贫困代际传递，就要从娃娃抓起，让教育扶智点亮扶贫之路。学校将继续在立志村的教育发展方面给予支持和帮助。

王洪辉书记与我校帮扶人员一起参观了立志村的花椒产业。王洪辉书记强调，发展产业是实现脱贫的根本之策，是促进立志村发展、增加贫困农户收入的有效途径，是扶贫开发的重点和主要任务。我校的帮扶责任人和驻村干部要进一步落实好帮扶责任，做好产业扶贫的同时注重思想扶贫、精神扶贫，为全国脱贫攻坚的完美收官贡献力量。

我校的16位帮扶责任人对帮扶对象进行了慰问，双方开展了帮扶交流，针对帮扶成效考核的“两不愁、三保障”情况、产业发展情况、子女教育、医疗保障、经济收入情况等进行了详细的交谈。

王洪辉书记和肖兴政副校长深入走访了贫困户罗桂书家，了解其家庭生活状况，并赠送慰问物品。

校党委书记王洪辉一行在立志村走访调研

2020 年 6 月 29 日，校长庹先国率队赴屏山县中坝社区指导扶贫工作暨开展捐赠慰问活动

2020 年 6 月 29 日，校长庹先国、党委副书记龚敏一行 6 人到学校对口帮扶的屏山县书楼镇中坝社区指导扶贫工作暨开展捐赠慰问活动。

庹先国校长一行抵达中坝社区后，在中坝社区党群服务中心 1 楼会议室召开了村组干部和贫困户座谈会。

屏山县委常委、常务副县长冷远林同志就屏山县 2020 年上半年统筹谋划全县脱贫攻坚，建立“红黄绿”防返贫预警机制，持续加大就业、消费扶贫力度，启动建立解决相对贫困长效机制试点，加快脱贫攻坚问题整改清零，做细脱贫攻坚普查前期准备，存在问题及下一步工作打算等工作情况进行了介绍。

国家科技部下派干部、屏山县委常委、副县长徐铁同志就如何开展科技扶贫，加强校县合作，建立国家级协同创新中心、科创中心等方面做了介绍。

庹先国校长指出，近年来，在国家、省、市、县相关帮扶单位的共同帮扶下，中坝社区的扶贫工作发生了翻天覆地的变化，这都要感谢党的好政策，我们要心怀感恩，继续发扬艰苦奋斗、自力更生的优良传统，要走

校长庹先国一行在中坝社区召开村组干部和贫困户座谈会

校长庹先国一行在中古村分发慰问品给贫困户

好脱贫攻坚“最后一公里”，高质量迎接脱贫攻坚普查工作，为全面建成小康社会贡献力量。庹先国校长结合自身成长经历表示，知识可以改变命运，希望父老乡亲们要重视教育，尽量让自己的孩子和晚辈多读书、读好书，走读书成才这条路。他要求驻村工作队、村两委在疫情缓解后继续组织“大手牵小手”圆梦活动，组织村里的小学生到四川轻化工大学宜宾校区去看一看、走一走，帮助培养孩子的读书兴趣，树立人生的远大抱负。最后，庹先国校长向全体村民发出邀请，邀请他们在有空的时候到四川轻化工大学宜宾校区参观，并祝愿中坝社区早日建成幸福美丽新村。

座谈会后，举行了捐赠慰问活动。校长庹先国、党委副书记龚敏代表学校向中坝社区 46 户贫困户开展了全覆盖捐赠慰问，每户发放 1 袋大米和 1 桶油，共计 5 000 余元。

校长庹先国、党委副书记龚敏还分别入户关心慰问了学校对口帮扶的贫困户，与贫困户拉家常，了解疫情对家庭收入的影响状况，关心产业、就业等情况，查看了冰箱、厨房等生活情况，为贫困户送去了慰问物资。

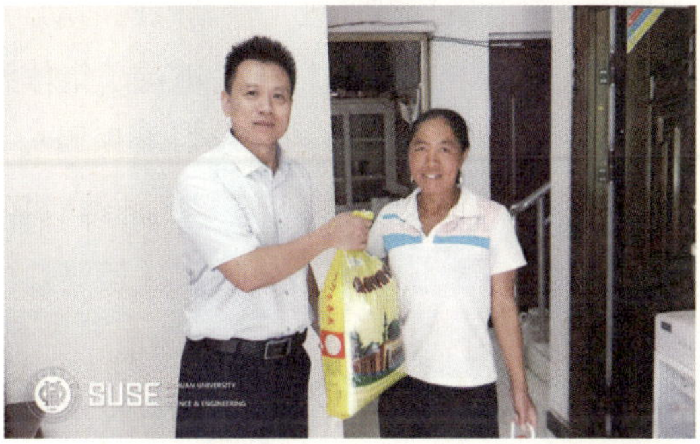

庹先国校长在中坝社区发放慰问品给贫困户

校长庹先国一行在屏山县经开区调研纺织产业园建设

贫困户对学校的关心慰问深表感谢，并表示会在各级党委政府的领导下，在各帮扶单位的帮助下，认真规划家庭生活，努力发展生产，把日子越过越好。

庹先国一行还参观了屏山县经开区和屏山县科创中心，听取了相关情况介绍，并就校县合作相关事宜进行了初步商议。

学校党委组织部部长宋弘、学校行政办公室主任刘兴勇、体育学院院长王红旗、党委办公室副主任刘丰荣以及学校扶贫干部、宜宾市扶贫开发局副局长、屏山县人民政府党组成员梁勇陪同。

2020 年 9 月 6 日，校长庹先国率队赴雅江县中古村开展扶贫推进工作及慰问活动

为扎实推进学校对口帮扶雅江县的工作，2020 年 9 月 6 日至 8 日，校长庹先国率队赴甘孜州雅江县开展扶贫推进工作及慰问活动。

9 月 7 日，庹先国校长一行 8 人在雅江县委副书记刘静、雅江县瓦多乡乡长洪建林、瓦多乡人大主席扎西多吉等陪同下，前往我校定点帮扶的雅江县中古村开展扶贫推进工作和慰问活动。

庹先国校长对中古村村民进行了集体慰问，瓦多乡乡长洪建林主持慰问仪式。洪建林代表全体村民对庹先国校长一行的到来表示热烈的欢迎！对四川轻化工大学两年多倾心尽力的结对帮扶表示万分感激！

在庹先国校长向刚刚失去家庭顶梁柱的扎西彭措家送上慰问金时，扎西彭措的妈妈热洛流下了激动的眼泪。

随后庹先国一行向全村 26 户村民发放了慰问品，对贫困学子泽仁来布、扎西巴姆、仁青多吉、格让拉姆等赠送了书包等学习用品，并鼓励他们志

校长庹先国一行慰问中古村村民

存高远、勇攀高峰、努力学习，长大后能成为国家的栋梁之材，报效祖国。庹校长一行又深入昂汪土登、郎色拉姆村民家中走访扶贫情况，对他们的家庭人员、经济收入、生活生产等方面进行了细致了解。

庹先国校长对中古村取得的脱贫攻坚成效表示肯定，对中古村两年多来翻天覆地的变化表示欣喜。庹先国校长强调，2020 年是脱贫攻坚决胜年，我校在这一伟大进程中，继续担负起应尽的政治责任，坚持把做好定点扶贫作为职责所在，把参与脱贫攻坚作为使命担当，我校会继续做好教育结对帮扶，继续加强教育帮扶、科技帮扶、文化帮扶，抓住智志双扶这个重点，激发脱贫致富的内生动力，构建脱贫不返贫的长效机制。庹先国校长勉励村民要不断努力，要夯实脱贫成果，希望父老乡亲们要重视教育，尽量让自己的孩子和晚辈多读书、读好书，走读书成才这条路。他谈道："我们与中古村自 2018 年以来就是亲戚了，在此邀请中古村村民在有空的时候到四川轻化工大学参观，祝愿中古村早日建成幸福美丽新村。"

校长庹先国给中古村村民热洛送上慰问金

调研期间，学校下派扶贫干部、中古村驻村干

校长庹先国一行在中古村村口与雅江县领导合影

部刘科财汇报了中古村 2020 年重点工作，从疫情防控、复工复产、村集体经济建设、村建制调整改革等方面做了详细汇报。庹先国一行对刘科财进行了慰问，对他扎根乡村、全力带领群众脱贫致富的精神和取得的成绩表示肯定和欣慰，并希望他和新增加的帮扶干部张翼宇一起继续努力，稳步扎实走好脱贫攻坚的“最后一公里”。

庹先国校长一行来到瓦多乡政府搬迁建设地呷德集镇，与瓦多乡乡长洪建林就瓦多乡搬迁建设、今后的发展规划等情况进行了交流。

我校党委副书记、工会主席龚敏，省纪委监委驻校纪检监察组组长、党委副书记、纪委书记聂军，党委常委、副校长颜杰，党委常委、组织部部长宋弘，校行政办副主任刘小莉等陪同参加。

2020 年 9 月 29 日，学校与屏山县举行脱贫攻坚座谈会

为进一步做好对屏山县的对口支援工作，围绕屏山县“115 战略”，调整帮扶举措，2020 年 9 月 29 日下午，我校在自贡汇东校区第四会议室举行屏山县脱贫攻坚座谈会。我校党委书记王洪辉，屏山县委副书记、县长代军，宜宾市、屏山县扶贫开发局等部门的负责人参加座谈。会议由我校党

委组织部部长宋弘主持。

代军县长代表屏山县委县政府和屏山县 32 万父老乡亲，感谢学校多年来对屏山县的大力帮扶！他指出，屏山县脱贫攻坚工作取得了阶段性胜利，产业全面发展，社会事业全面进步。全县 78 个贫困村退出，10 742 户贫困户、42 819 名贫困人口脱贫，贫困发生率降至 0。2020 年 2 月，省政府正式批准屏山县退出贫困县序列，8 月，屏山县顺利地通过了国家脱贫攻坚普查验收。屏山县被省委、省政府通报表扬为“全省脱贫攻坚先进县”“全省东西部扶贫协作先进县”。希望我校继续支持、指导、关心屏山县的发展，为屏山县提供更多科技、智力等方面的帮扶。

王洪辉书记代表学校感谢屏山县对我校扶贫工作的高度认可，并对屏山县委、县政府在脱贫攻坚工作中取得的成绩表示衷心的祝贺！他指出，在历史的长河中，脱贫攻坚只是“弹指一挥间”，然而对于我校和屏山人民来说，这却是一段我们共同见证和参与的岁月，是脱贫攻坚道路上的荣辱与共，如涓滴入海、聚沙成塔的磅礴力量，也成就了我校和屏山人民深厚的友谊。

王洪辉书记指出，我校的脱贫攻坚工作要继续做到以下“四个加强”：一是进一步加强校县合作，助推屏山产业强县；二是进一步加强党建引领，提升屏山基层治理能力；三是进一步加强消费扶贫，加速屏山企业发展壮

屏山县与四川轻化工大学脱贫攻坚座谈会

代军县长代表屏山县委县政府向学校赠送锦旗和感谢信

屏山县县长代军在会上发言

校党委书记王洪辉在会上讲话

大；四是进一步加强志智双扶，激发屏山内生动力。

王洪辉书记强调，脱贫攻坚是一项系统工程，具有长期性、复杂性、反复性，防止返贫和继续攻坚同等重要。我校一定会进一步强化思想认识，增强扶贫工作责任感、紧迫感和使命感，紧密围绕屏山县的实际情况，坚持脱贫不脱政策、责任、帮扶和监管的工作要求，以党建引领为抓手，聚焦产业帮扶，注重志智双扶，在更深层次、更广领域开展合作交流，帮助屏山县从脱贫攻坚向乡村振兴过渡，努力实现互利共赢。

2020 年 12 月 27 日，党委书记王洪辉带队赴雅江县调研，推进精准扶贫与乡村振兴的有效衔接

2020 年 12 月 27 日至 29 日，学校党委书记王洪辉带队，副校长刘康、肖兴政，党委组织部部长宋弘，党委办公室主任张永锋，国有资产与实验室管理处处长张利，管理学院党总支书记毛亮，经济学院副院长李启宇与化学工程学院学生工作办公室主任刘科财一行 9 人前往甘孜州雅江县调研，推进精准扶贫与乡村振兴的有效衔接。

28 日上午，王洪辉书记一行在雅江县副县长陈玉龙，瓦多乡党委书记格让降措，我校扶贫干部、雅江县瓦多乡中古村驻村工作队队员张翼宇的陪同下，前往我校定点帮扶的中古村慰问乡亲们。乡亲们看见王洪辉书记一行到来，纷纷上前献上表达敬意的哈达。王洪辉书记发表讲话，对中古村的乡亲们表示慰问，勉励他们继续努力生产和工作，生活一定会越来越美好，并代表学校捐赠了 8 400 元“春雨工程”助学金，资助家庭困难的中古村学子。王洪辉书记一行将米、油等慰问品一一分发给乡亲们，并与乡亲们亲切交谈，了解他们的生产生活情况。虽然天气寒冷，但是慰问现场

参加慰问活动的中古村村民

校党委书记王洪辉代表学校捐赠助学金

校党委书记王洪辉一行与村民合影

情意浓浓，乡亲们非常高兴，脸上洋溢着幸福的笑容。

扶贫慰问之后，王洪辉书记一行与雅江县领导进行了座谈。雅江县副县长陈玉龙、瓦多乡党委书记格让降措介绍了雅江县、瓦多乡、中古村产业发展、乡村旅游、乡村教育、人民生活等方面的情况。陈玉龙副县长表示，非常感谢四川轻化工大学务实有效的帮扶举措，脱贫之后希望能在农产品销售、乡村旅游、人才培养等方面与四川轻化工大学加强合作，促进雅江县乡村振兴。

王洪辉书记认真听取了介绍，对雅江县乡村振兴和乡村旅游发展提出了针对性的建议，并指示管理学院和经济学院做好对接，制订切实可行的帮扶方案，推进乡村振兴。

王洪辉书记指出，雅江县中古村2018年11月通过了脱贫验收，贫困户全部脱贫，贫困村摘帽，退出贫困系列，这是雅江干部和乡亲们愚公移山的干劲和四川轻化工大学倾情扶贫扶智扶志、扶贫干部倾情奉献的结果。现在是脱贫攻坚与乡村振兴交会和过渡时期，四川轻化工大学将继续定点帮扶，采取切实有效的措施，推进中古村精准扶贫与乡村振兴的有效衔接，巩固脱贫攻坚成果，培育长效脱贫机制，和中古村乡亲们一起，促进农业

校党委书记王洪辉慰问讲话

校党委书记王洪辉一行与雅江县领导座谈

农村优先发展，努力绘就乡村振兴的壮美画卷，朝着共同富裕的目标稳步前行。

2021 年 1 月 5 日，学校工会以购代捐，购雷波脐橙扶贫

2020 年是脱贫攻坚收官之年、大考之年，为了以实际行动帮助雷波县村民增收脱贫，四川省教育厅扶贫办发出倡议，在省内高校开展“购雷波脐橙　帮老乡脱贫”亲情帮扶活动。学校积极响应省教育厅扶贫办号召，满怀社会责任感和爱心，助力扶贫事业发展，由校工会在农副产品网络销售平台 www.fupin832.com 为每一位工会会员以购代捐采购 1 件雷波脐橙，为脱贫攻坚工作贡献出自己的一分力量。

2021 年 1 月 5 日，以购代捐的雷波脐橙送达学校。校工会按提前收集的送货信息，将 2 990 件脐橙送达 4 个校区 22 个送货点，同时也送达了学校党委对为学校发展做出贡献的每一位教职工的感谢和问候，让大家在岁寒之际感受到了组织的温暖和关怀。

近年来，校工会在学校党政工作部署下，“以购代捐、以买代帮”，努力承担社会责任，不断探索扶贫方式，既维护保障教职工权益，又助力巩固脱贫攻坚成果，实现校地双赢。

以购代捐的雷波脐橙送达学校

2021年1月26日，党委副书记龚敏率队到中坝社区指导扶贫工作暨开展送温暖慰问活动

2021年1月26日，我校党委副书记龚敏率队到学校对口帮扶的屏山县书楼镇中坝社区指导扶贫工作暨开展送温暖慰问活动。校党委常委、组织部部长宋弘，管理学院党总支书记毛亮，党委办公室袁先铃，宜宾市扶贫开发局副局长、屏山县人民政府党组成员梁勇陪同参加。

龚敏副书记一行抵达中坝社区后，首先召开了扶贫工作座谈会。中坝社区第一书记、我校驻村工作队队长杨平就中坝社区开展脱贫攻坚、疫情防控、换届选举、乡村振兴等工作进行了简要汇报。新当选的支部书记、村民代表等就支部建设打算和如何增强致富奔小康的内生动力等踊跃发言。

随后，龚敏副书记讲话指出：每次来到中坝社区都能看到实实在在的变化，学校下派的帮扶干部非常辛苦，脱贫攻坚结束后就是乡村振兴，希望村两委换届后的新班子要有新气象、新作为，要充分调动每一位成员的工作积极性，要紧密配合好驻村工作队的工作；乡村振兴是国家的大战略，中坝社区要充分利用好当地优势资源条件和环境，做好规划和设计，找好乡村振兴的发力点；同时，要发挥好当地乡贤队伍的作用，多为中坝社区

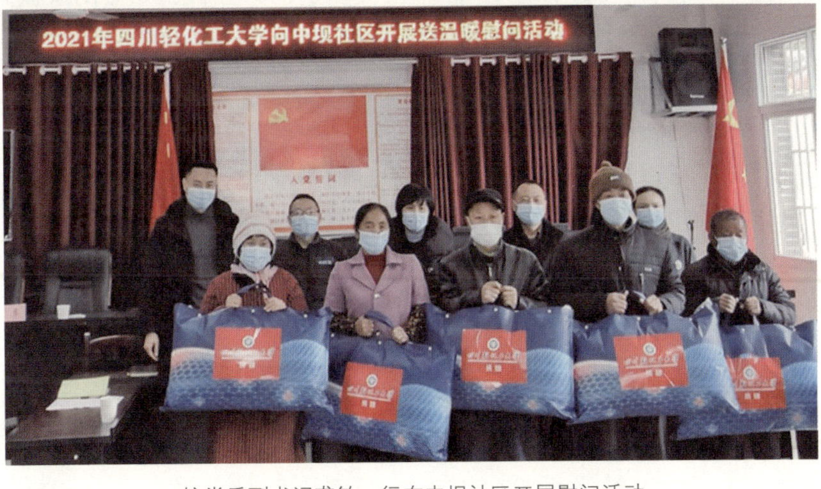

校党委副书记龚敏一行在中坝社区开展慰问活动

校党委副书记龚敏一行调研屏山县科创中心

发展建言献策；要努力提升中坝社区的文明程度，基础设施建设好了，乡风文明一定要跟得上；作为学校对口帮扶点，学校定会大力帮扶和支持中坝社区的发展建设，鼓励和欢迎中坝社区的学子来校提升自己，学成后回家乡多做贡献。最后，他对中坝社区疫情防控常态化做出了工作指示，并希望中坝社区早日建成美丽幸福的新村。

座谈会结束后，中坝社区举行了送温暖慰问活动仪式。龚敏代表学校向部分村民代表发放了慰问品。此次活动为村建制调整后的中坝社区 221 户村民实现了全覆盖捐赠，学校在春节之际及时向中坝社区送去了温暖，使村民感恩意识增强，有力地提升了中坝社区群众的满意度。

活动后，龚敏副书记一行调研了竣工后的中坝水库，并结合中坝社区生态环境就如何践行“绿水青山就是金山银山”的发展理念提出了希望。

龚敏副书记一行还到屏山县城参观了校地合作单位科创中心，屏山县委常委、副县长徐轶，宜宾市科技局副局长、屏山县人民政府党组成员陈钢分别介绍了科创中心的建设及运行情况，学校派驻科创中心的康振辉博士汇报了工作开展情况。

第四章

定点扶贫典型案例

一、雅江县干部、教师能力提升培训

（一）2018 年 7 月，雅江县党建促脱贫攻坚专题干部培训

为深入学习贯彻落实党的十九大精神和扶贫开发重要战略思想，充分发挥高校作为社会经济发展人才库和智力库的重要社会职能，2018 年 7 月 16 日上午，我校对口帮扶的甘孜州雅江县 2018 年党建促脱贫攻坚专题培训干部班开班典礼在汇东校区厚德楼 129 小学术报告厅举行。我校党委书记王洪辉、雅江县委组织部常务副部长杨波、后勤管理处处长封雪松、党委办公室副主任刘丰荣出席典礼。典礼由校组织部部长宋弘主持。

杨波代表雅江县委、县政府对我校给予雅江脱贫攻坚工作的鼎力支持表示衷心的感谢。他向学员们提出了 3 点要求：一是珍惜机会，潜心学习；二是认真思考，学以致用；三是严守纪律，树立形象。

王洪辉代表学校对雅江县培训干部的到来表示热烈欢迎。他介绍了学校的发展历史和取得的成绩，并指出，我校自 2015 年参与各地精准扶贫工作以来，先后对自贡市沿滩区刘山乡立志村、回龙村，宜宾市屏山县，甘孜州雅江县，凉山州布拖县等开展帮扶工作，通过加强基层党组织建设，开展智力帮扶、产业帮扶，提供决策咨询等方式进行帮扶，扶贫工作取得了良好成效。

甘孜州雅江县 2018 年党建促脱贫攻坚专题培训干部班开班典礼

王洪辉强调，要完成中央、省委高质量打赢脱贫攻坚战的决策部署，干部是关键。雅江县作为深度贫困县，面临的脱贫任务十分繁重，对干部的能力素质要求更高、更严。我校举办雅江县2018年干部培训班，就是贯彻落实省委脱贫攻坚决策部署的具体举措，是以培养造就“信念坚定、为民服务、勤政务实、敢于担当、清正廉洁”“五好”干部、建设科学化专业化干部队伍为目标，通过相关理论学习和问题探讨，全面提升干部理论水平、思想修养和管理能力，提高干部履行岗位职责、推动脱贫攻坚全面发展能力，使同志们在服务推动脱贫攻坚、全面建成小康社会过程中作出更大的贡献。他对本次培训提出了3点要求：精心组织、不负重托；加强服务、不辱使命；珍惜机会、学以致用。

雅江县委组织部常务副部长杨波讲话

校党委书记王洪辉讲话

雅江县2018年党建促脱贫攻坚专题培训干部班共有学员50人，培训时间为1周，采取专家讲座、交流讨论、实地调研等方式开展培训。

（二）2019年7月，雅江县脱贫攻坚乡村振兴暨公务员队伍能力素质提升培训、雅江县呷拉镇初级中学骨干教师培训

为贯彻落实四川省委关于“举全省之力坚决打赢脱贫攻坚战”的部署要求，扎实推进脱贫攻坚、乡村振兴工作，为决胜全面小康提供坚实的干部人才保障，培养造就一支讲政治、重公道、业务精、作风好的干部和教师队伍，2019年7月16日上午，雅江县2019年脱贫攻坚乡村振兴暨公务员队伍能力素质提升培训班、雅江县呷拉镇初级中学骨干教师培训班开班典礼在我校举行。我校党委书记王洪辉、副校长高小林、组织部部长宋弘、

雅江县脱贫攻坚乡村振兴暨公务员队伍能力素质提升培训、雅江县
呷拉镇初级中学骨干教师培训开班典礼

党办主任张永锋、雅江县委组织部常务副部长刘刚、雅江县呷拉镇初级中学校长李斌及学校党办、教育与心理科学学院相关负责人和120多名干部、教师学员出席了典礼。典礼由高小林主持。

高小林首先对学员开展了“校史教育”，对学校的历史沿革、基本情况进行了介绍，并对学员们成为四川轻化工大学的校友表示了祝贺和欢迎。

刘刚代表雅江县委、县政府，李斌代表雅江县呷拉镇初级中学分别对我校给予雅江脱贫攻坚工作的鼎力支持，对本次培训的精心准备和周到安排表示了感谢，并向学员们提出了“重担在肩必须认清形势，提振精神、分析问题确保精准发力，端正态度、担当使命还要扑下身子、狠抓落实”等培训要求。

王洪辉代表学校党委行政对雅江县来校培训的干部、教师表示了热烈欢迎，并就学校一年多以来对雅江县的帮扶情况及取得的成绩进行了简要介绍。针对2019年的脱贫攻坚工作，王洪辉强调：要坚决贯彻执行四川省2019年扶贫开发工作会议精神和2019年全省教育脱贫攻坚现场推进会精神，坚持以习近平新时代中国特色社会主义思想为指导，把坚决打赢脱贫攻坚战作为树牢“四个意识”、坚定“四个自信”、坚决做到“两个维护”的具体行动，做到攻坚重点再聚焦，集中力量攻克深度贫困堡垒，苦干实干、不胜不休，万众一心夺取脱贫攻坚全面胜利；要进一步提高政治站位，坚持问题导向和目标导向，坚决推进教育脱贫攻坚，实现义务教育有保障，为 2020 年全部摘帽夯基固本。

王洪辉还强调，治贫先治愚、扶贫先扶智。“治愚”和“扶智”，根本手段就是发展教育。举办雅江县中小学骨干教师培训，正是实施“教育扶贫”的重要途径，只有有了好的老师，才能培养出好的学生；有了好的学生，才能逐步提高贫困人口的文化素质，才能阻止贫困现象代际传递。最后，王洪辉对本次培训提出了精心组织、加强服务、学以致用等要求。

雅江县 2019 年干部、教师分别参加“脱贫攻坚乡村振兴暨公务员队伍能力素质提升培训班”和“雅江县呷拉镇初级中学骨干教师培训班”两个培训班。学校针对不同要求，分别制订了培训计划和培养方案，使培训更有针对性和实效性。培训班共有学员 125 人，培训时间为 2 周，采取专家讲座、交流讨论、实地调研等方式开展培训。

（三）2020 年 8 月，雅江县“脱贫攻坚、乡村振兴”专业化领导干部示范培训、对口帮扶暨第五批援藏干部人才能力素质提升培训、中小学骨干教师培训

2020 年 8 月 13 日，培训班开班

为深入学习领会习近平新时代中国特色社会主义思想和党的十九大精神，贯彻落实四川省委关于“坚决打赢脱贫攻坚战”的部署要求，进一步开展好我校对口帮扶雅江县有关工作，2020 年 8 月 13 日，雅江县 150 余名干部、教师齐聚我校自贡汇东校区，开始 2020 年“脱贫攻坚、乡村振兴”专业化领导干部示范培训班、对口帮扶暨第五批援藏干部人才能力素质提升班、中小学骨干教师培训班的集中学习。

上午 9 点，培训班开班典礼在第四实验楼 302 室举行。我校党委书记王洪辉，雅江县委常委、副县长杨相武出席仪式并讲话。开班典礼由学校党委常委、组织部部长宋弘主持。

杨相武常委代表雅江县委、县政府向学校、授课老师和工作人员表示衷心感谢。他向学员们提出了 3 个方面的要求：一是珍惜机会、感恩组织；二是联系实际、学以致用；三是遵守纪律、保持形象。他指出，雅江县虽

四川轻化工大学对口帮扶雅江县 2020 年专题培训班开班典礼

已在 2019 年成功实现脱贫摘帽，但要实现全面小康还有很长的路要走。全面小康，短板是人才。此次培训针对雅江县乡村振兴、教育等短板问题，他希望学员们通过学习，开阔视野、创新思维、提高水平，将学习与工作实际融会贯通，做到学有所成、学以致用。

王洪辉书记代表学校党政对学员们的到来表示热烈欢迎！他指出，我校自 2018 年开始帮扶雅江县及瓦多乡中古村以来，在省委的坚强领导下，学校充分发挥人才、科技、智力等优势，深入开展各项帮扶工作，为中古村如期实现脱贫摘帽目标作出了贡献。

王洪辉书记对此次培训提出了 3 个方面的要求：一是精心组织、不负重托；二是加强服务、不辱使命；三是珍惜机会、学以致用。王洪辉书记强调，脱贫攻坚战已经到了巩固成效的关键时刻，我们要坚持以习近平新时代中国特色社会主义思想为统领，认真贯彻党的十九大精神，全面落实中央、省委决策部署，扎实

雅江县委常委、副县长杨相武讲话

推进精准扶贫各项工作，坚决打好打赢脱贫攻坚战。他相信，四川轻化工大学与雅江县的友谊定将长存，雅江县人民的生活定将越来越幸福。

校党委书记王洪辉讲话

参加开班典礼的还有雅江县委组织部常务副部长刘刚，雅江县呷拉镇初级中学副校长白呷，我校后勤管理处处长、后勤服务总公司总经理封雪松，教育与心理科学学院院长黄英杰及相关部门工作人员。

2020 年 8 月 21 日，培训班结业

8 月 21 日下午，经过几天紧张而充实的集中学习，2020 年雅江县对口帮扶暨第五批援藏干部人才能力素质提升班、“脱贫攻坚、乡村振兴”专业化领导干部示范培训班和中小学骨干教师培训班顺利结业，学校举行结业典礼。庹先国校长与雅江县委常委、副县长杨相武共同为学员颁发结业证书。典礼由党委常委、组织部部长宋弘主持。

庹先国校长代表学校党政向各位学员顺利结业表示热烈的祝贺！向辛勤工作的授课教师、班主任、管理人员表示衷心的感谢！庹先国校长指出，学习和实践的每一分钟都值得回味。培训期间，同志们严格遵守纪律要求，学习积极性高，充分展现了援助帮扶雅江干部和教师的良好精神风貌。

庹先国校长强调，经过本次培训后，学员们都已成为四川轻化工大学的校友，四川轻化工大学也成为大家的母校。无论走到哪里，无论身在何方，我们彼此就有了一份牵挂和深深眷恋。希望大家返回各自岗位后，学以致用，努力工作。你们取得的每一项成绩，母校都为你们加倍点赞；你们也要更加关注母校的发展，成为传播四川轻化工大学精神的星星之火。在今后的岁月里，我们彼此成就，一切有利于雅江发展的事，一切有利于造福雅江百姓的事，我们共同全力以赴。

庹先国校长提出 3 点希望：一是希望同志们学有所悟，始终坚持视使

四川轻化工大学对口帮扶雅江县 2020 年专题培训班结业典礼

庹先国校长与雅江县委常委、副县长杨相武共同为学员颁发结业证书

命为生命；二是希望同志们学以致用，始终坚持扶贫扶到点上；三是希望同志们躬身实践，始终坚持树形象立口碑。

培训班学员代表格让降措向学校、授课老师表示衷心的感谢，并表示将在以后的工作中，不断磨炼和提升自己，在岗位上再创佳绩。

杨相武常委代表雅江县委、县政府向学校、授课老师和工作人员表示衷心的感谢，并对学员们提出了殷切希望，希望大家不负众望，努力成为雅江县脱贫攻坚工作中的中流砥柱。

此次专题培训学习内容丰富、形式多样，由专题讲座、分组讨论、现

校长庹先国讲话

场教学3个部分组成，设置了“在风云激荡的时代大变局中坚定‘四个信念’”“全面小康与农民教育”“乡村振兴与美丽乡村建设”“干部领导力与战略思维”“筑牢理想信念，坚守廉洁底线”“压力管理与心理调适”“产业变革、创新与城市经济发展”“以案说法：干部法治思维培育与法治能力提升”“权力与权力制约”等课程。同时，紧紧围绕“脱贫攻坚、乡村振兴”等主题进行分组讨论，并开展了脱贫攻坚调研和红色革命传统教育。

参加结业典礼的还有雅江县呷拉镇初级中学副校长白呷，我校后勤管理处处长、后勤服务总公司总经理封雪松，培训学院院长钟世荣，教育与心理科学学院院长黄英杰等。

（四）2020年10月，学校举办对口帮扶雅江县军工系统援藏干部人才能力素质提升培训

2020年10月19日，提升班开班

为深入学习贯彻习近平新时代中国特色社会主义思想，贯彻落实四川省委关于“坚决打赢脱贫攻坚战”的部署要求，进一步履行好我校与四川省委军民融合办签订的干部培训协议要求和对口帮扶雅江县的政治责任，发挥好高校的科技人才优势，帮助培养造就一支有家国情怀、有使命担当、有大爱无疆的干部队伍；2020年10月19日上午，2020年对口帮扶雅江县军工系统援藏干部人才能力素质提升班开班典礼在我校自贡汇东校区综合楼三楼会议室举行。四川省委军民融合办机关党委专职副书记、组织处处长李敏，我校党委书记王洪辉出席开班典礼。20多名援藏干部参加培训。我校党委副书记龚敏主持开班典礼。

四川省委军民融合办机关党委专职副书记、组织处处长李敏讲话指出，

2020 年四川轻化工大学对口帮扶雅江县军工系统援藏干部
人才能力素质提升班开班典礼

此次援藏干部人才能力素质提升班的主要目的是统一思想、凝聚共识，提升驻村干部政治理论素养，抓实、抓细、抓好各项工作任务，高质量完成脱贫目标收官任务。

李敏处长要求所有参训干部：一要提高政治站位，增强做好驻村帮扶工作的使命感、责任感；二要巩固脱贫成效，建立健全返贫预警机制和应急援助机制；三要强化党建引领，高质量完成脱贫攻坚收官任务。

李敏处长希望大家能珍惜机会，放下身段、沉下心来，集中精力完成学习任务。学习中，注意加强理论知识与实践的结合性思考，带着问题学，带着思考学，积极把理论意识转化为脱贫攻坚的内在动力，真正做到学有所获，学以致用。大家到学校就是学员，要及时转变身份角色，要按照学校的管理规定，遵守课堂纪律，严格遵守作息时间，无特殊情况不得请假，自觉树立四川军工系统党员干部的良好形象。

校党委书记王洪辉讲话

我校党委书记王洪辉介绍了我校对雅江县及瓦多乡中古村帮扶工作的基本情况和帮扶措施，为中古村如期实现脱贫摘帽目标做出了相应贡献。

王洪辉书记指出，脱贫攻坚任务能否高质量完成，关键在人，关键在干部队伍，因此要加强扶贫干部培训力度，提高精准扶贫、精准脱贫能力。学校持续举办雅江县对口支援干部培训班，就是贯彻落实中央、省委脱贫攻坚决策部署的具体举措，就是体现我校的责任担当。相关理论学习和问题探讨，能够提升干部的政策理论水平和履职尽责能力，推动雅江县脱贫攻坚取得更大胜利，为全面建成小康社会作出更大的贡献。

王洪辉书记强调，提高解决实际问题能力是应对当前复杂形势、完成艰巨任务的迫切需要，也是年轻干部成长的必然要求。面对复杂形势和艰巨任务，我们要在危机中育先机、于变局中开新局，干部，特别是年轻干部要提高政治能力、调查研究能力、科学决策能力、改革攻坚能力、应急处突能力、群众工作能力、抓落实能力，勇于直面问题，想干事、能干事、干成事，不断解决问题、破解难题；要把握学习重点，静心研学；要认真思考，积极参与分组讨论；要学以致用，提高解决实际问题的能力。

王洪辉书记对本次培训工作提出了三点希望：一是要精心组织、不负重托；二是要加强服务、不辱使命；三是要珍惜机会、学以致用，提高解

2020 年四川轻化工大学对口帮扶雅江县军工系统援藏干部
人才能力素质提升班开班典礼合影

决实际问题的能力。希望同志们将本次培训所学到的基本知识与理论、所掌握的基本技能与方法、所养成的良好习惯与理念、所开拓的视野与思想运用于今后的扶贫工作中，转变工作思路，创新工作方法，推动雅江县扶贫工作再上一个新台阶。

随后，我校党委宣传部副部长、统战部副部长范光杰进行了题目为“学习贯彻十九届四中全会精神”的专题报告，拉开了培训序幕。

2020 年 10 月 22 日，提升班结业

经过 1 周的学习培训，2020 年 10 月 22 日下午，2020 年对口帮扶雅江县军工系统援藏干部人才能力素质提升班结业典礼在我校自贡汇东校区综合楼 3 楼会议室举行。四川省委军民融合办组织处一级调研员黄林，中航工业宜宾三江机械有限责任公司党工部部长、雅江县委副书记刘静，校长庹先国、校党委副书记龚敏及全体参训学员参加，校党委副书记龚敏主持结业典礼。

川华庆机械有限责任公司制造工程部项目推进室主任、雅江县河口镇麻石子村驻村干部杜信能作为学员代表对本次学习进行了总结发言。

校长庹先国为学员代表颁发了结业证书。

中航工业宜宾三江机械有限责任公司党工部部长、雅江县委副书记刘

2020 年四川轻化工大学对口帮扶雅江县军工系统援藏干部
人才能力素质提升班结业典礼

静简要介绍了雅江县的基本情况和四川轻化工大学对口支援雅江的相关情况，并就参加此次培训的学习感受进行了总结。刘静表示，四川轻化工大学对此次培训高度重视，积极进行联系对接，培训教师也认真备课，针对雅江县的实际情况进行有针对性的讲座，让我们能学有所得、学以致用。

中航工业宜宾三江机械有限责任公司党工部部长、雅江县委副书记刘静讲话

四川省委军民融合办组织处一级调研员黄林对在这1周培训中提供了全方位优质服务的四川轻化工大学表示感谢。他表示，这是在新形势下开展的一期培训，具有十分特殊的意义，此次培训课程设置合理，圆满完成了培训任务，达到了预期的效果。希望学员们能学习再深化、再提高，学以致用抓落实；通过学习找准差距，主动承担起应有的责任。通过此次培训，相互间搭建起了交流平台，学员间增进了认识、了解，为未来乡村振兴发展提供了有效助力。

校长庹先国代表学校向各位学员顺利结业表示祝贺，向辛勤工作的授课教师、班主任和相关部门的管理人员表示感谢，向战斗在雅江县脱贫攻坚工作一线的军工系统的同志们致敬。

庹校长介绍了学校的办学历史及学校与军工系统深厚的渊源，希望大家通过培训要有所思考，有所启发，更深入地理解脱贫攻坚工作的重要意

四川省委军民融合办组织处一级调研员黄林讲话

校长庹先国讲话

校长庹先国为学员代表颁发结业证书

义，更好地明白“治贫先治愚、扶贫先扶智”的道理。

庹校长表示，通过这次培训，大家对脱贫攻坚、乡村振兴、乡村建设、业务工作等方面的知识有了进一步了解，对巩固脱贫攻坚的艰巨性有了更为理性的认识。在今后的工作中，希望大家把理论知识转化为现实生产力，扶贫扶到根子上、帮到点子上。

庹校长强调，经过本次培训，所有学员就成为四川轻化工大学的校友，四川轻化工大学也成为大家的母校。无论走到哪里，无论身在何方，我们彼此就有了一份牵挂和期许。大家都来自脱贫攻坚第一线，希望将好的作风、传统进行交流，走进校园、走进课堂、走近学生，为学生们上一堂接地气的思想政治理论课。

二、民族地区“一村一幼”辅导员能力提升培训

（一）甘孜州“一村一幼”辅导员能力提升培训

2019 年 8 月 6 日，甘孜州“一村一幼”辅导员能力提升培训班开班

2019 年 8 月 6 日上午，我校承担的甘孜州 2019 年“一村一幼”辅导员能力提升培训班开班典礼在自贡汇东校区科学会堂举行。学校副校长颜杰、教务处处长孙山、甘孜州康定市教体局政策法规股股长李华龙、雅江县教

体局教育股股长黄友友、雅江县教体局人事师训股干部冯毅、学校教育与心理科学学院（教心学院）党总支书记刘清斌、学校后勤管理处副处长（后勤服务总公司副总经理）黄鉴、学校保卫处副处长杜桢及350名学员参加开班典礼。典礼由教心学院院长黄英杰主持。

在开班典礼上，颜杰副校长首先对各位学员表示了热烈的欢迎，并向大家介绍了四川轻化工大学的基本情况和发展历程。颜杰副校长表示，2019年是脱贫攻坚关键性的一年，治贫先治愚、扶贫先扶智，教育是开引民智、启发民慧的根本手段，“甘孜州‘一村一幼’辅导员培训”是落实党委正确决策、践行教育科学兴邦、实现民族地区文化繁荣的具体路径。桃李不言，下自成蹊，教学相长，为民谋福祉。优秀的教师直接作用于学生，间接作用于区域经济社会，以此逐步提高民族地区的人口素质，以治其不充分、不平衡发展之本。颜杰副校长希望培训部门要精心组织、不负重托，加强服务、不辱使命；殷切希望各位学员在培训学习期间做到珍惜机会、学以致用。

李华龙股长代表参培单位讲话，对此次培训活动表示高度的重视，对学员提出遵守培训纪律、严格作息时间的要求，对学员们的学习生活提出了基本要求。

黄英杰院长强调了学员们在校期间的作息时间和纪律，要求学员们遵守作息时间、严于律己，在培训当中学到真本事，祝愿此次培训活动圆满完成。

学员代表何雅丽代表全体学员发言，表示将以高度的热情、积极的投

甘孜州“一村一幼”辅导员能力提升培训开班典礼

人、坚定的决心、坚决的自律面对所有学习任务，定当学有所成、学以致用，以真才实学肩负起党和人民托付的民族地区教育大业。

此次培训是甘孜州与四川轻化工大学携手打赢脱贫攻坚战的“桥头堡”，30天培训，时间虽短，意义非凡，是四川轻化工大学服务地方经济社会发展的又一典范，为培养更多祖国未来的教育栋梁之材贡献力量。

2019年8月21日，校长庹先国督查扶贫项目培训工作

2019年8月21日上午，庹先国校长到自贡汇东校区厚德楼128会议室督查由教育与心理科学学院承担的扶贫项目——甘孜州“一村一幼”辅导员能力提升培训班培训情况。

庹先国校长认真听取了培训班前期工作情况汇报，询问在培训过程中遇到的问题和困难，并与培训工作小组共商后期开展跟岗学习的相关事宜。

庹先国校长认真翻看了本次培训的学员学习手册、培训管理制度、培训简报等各种教学管理材料，深入了解学员学习、生活等基本情况，对承担培训任务的教育与心理科学学院的认真筹备、细心指导、周到服务表示充分肯定。

随后，庹先国校长在教育与心理科学学院负责人、各班班主任的陪同下，到各班教室检查了解上课情况，并与部分专家、驻班班主任、学员进行了交流。

最后，庹先国校长希望培训单位和工作人员进一步完善细化后期培训工作，圆满完成培训，实现预期培训目标。

校长庹先国认真翻看培训材料

校长庹先国到各班教室检查了解上课情况

2019年8月22日，四川省教育厅专家莅校调研评估我校“一村一幼”辅导员能力提升培训工作

2019年8月22日，四川省教育厅专家唐元毅、叶秀玲、罗琳、王婷莅临我校，对2019年度“一村一幼”辅导员能力提升培训工作进行调研评估。副校长颜杰、教务处处长孙山、教心学院党总支书记刘清斌、教心学院副院长黄英杰、教心学院学术委员会主任沈明泓、教心学院副院长赵雪以及“一村一幼”班主任参与了汇报和调研工作。

四川省教育厅专家随堂听课

四川省教育厅评估专家从工作汇报、工作资料检查、课堂听课、培训学员访谈、带班教师调研和管理者反馈6个方面展开调研和评估。通过调查访问工作，专家对本次培训的管理工作给予了高度评价。

本次培训学员人数众多，其自身学习条件及学习能力差异较大，并且所在幼儿园工作环境导致的培训实际需要不同。这些都决定了本次培训难度很大，给培训方案的设计、培训教师的授课都带来了极大的挑战。

此次培训邀请了省内外幼师教育科学理论的知名专家为学员们上课，激荡其思想和理念，为其以后的专业发展奠定了理论基础；邀请了一线教师和管理者为学员专业实践能力的发展点灯引航。本次培训方式多样，案例教学、视频分析、阅读文本文献、专题讨论相结合，既做到了因人施教，又激发了学员的学习兴趣。

副校长颜杰代表学校表示，感谢省教育厅专家对我校教育培训工作的大力支持！学校将根据专家意见、建议积极抓落实，加大“一村一幼”培训的实践性和创新性，推进“一村一幼”培训工作可持续发展，助力学前教育高质量发展。

2019年8月22日，校党委副书记龚敏出席“一村一幼”辅导员能力提升培训班汇报表演

2019年8月22日晚，夏夜晚风拂过，凉意丝丝入心。我校2019年甘孜州“一村一幼”辅导员能力提升培训班汇报表演在汇东校区科学会堂举行。学校党委副书记龚敏，教务处处长孙山，教育与心理科学学院党总支书记刘清斌、院长黄英杰、副院长赵雪，甘孜州康定市教体局政策法规股股长李华龙，甘孜州雅江县教体局教育股股长黄友友，甘孜州康定市教育局冯毅出席汇报表演晚会。

龚敏副书记代表四川轻化工大学致辞，对来自甘孜州的300余名参加四川省“一村一幼”辅导员能力提升培训的学员表示热烈的欢迎！龚敏副书记指出，幼教工作者的初心，就是响应党和政府的号召办人民满意的学前教育的初心，就是学好本领献身学前教育事业的初心，就是做好学前教育为国培育花蕾的初心。希望大家努力学习，练好本领，为甘孜州幼教事业的发展贡献力量。

校党委副书记龚敏致辞

甘孜州幼儿教师汇报表演

晚会以合唱《圣洁的雅江》拉开了序幕。整场演出节目形式丰富多样，有欢快激情的锅庄舞，有雪域高原独特的民歌独唱，有充满爱国主义热情的朗诵《我骄傲，我是中国人》等，展现了新时代甘孜州幼儿教师的风采。他们用青春的朝气、风姿和热情为大家奉上了一场民族文化盛宴，让大家真切感受到了他们对学前教育浓浓

的情、对幼教事业满满的爱。

演出在大合唱《康定情歌》优美的旋律中圆满结束，也为“一村一幼”辅导员能力提升培训班第一阶段的理论学习划上了圆满的句号。

2019年10月22日，副校长高小林出席甘孜州“一村一幼”培训结业典礼

金秋十月，凉风习习，在历时30天的学习后，2019年10月18日上午，我校甘孜州“一村一幼”培训结业典礼在汇东校区学术报告厅举行。康定市教育和体育局副局长刘颜彪、自贡市教育和体育局副局长张强以及我校副校长高小林、教务处处长孙山、教育与心理科学学院领导、指导老师、全体学员参加此次结业典礼。副教授熊丽娟主持典礼。

高小林副校长祝贺学员们突破重重难关，完成此次课程培训。他为大家送上四句临别赠言：做教育科学探索者，树立教育的专业意识；用心用力做一名名副其实的教育者；志存高远，做家国命运的担当者；恒久往来，做一个有情怀的教师。高小林副校长表示，学员们此次培训的目的是为未来教育事业的进步注入源源不断的动力，在工作中大家需要付出情感，爱学生、爱职业，在任何一个时代，教育这份工作都很重要。高小林副校长祝贺学员们顺利结业，并希望大家在未来的工作中产生更大的教育力量。

张强副局长对为此次培训提供支持的幼儿园、专家和指导老师表示感谢！他表示：此次培训是推进全省幼儿园教育事业进步的重大举措，大家高度重视培训工作并联合成立培训工作领导小组，召开工作协调部署会；希望每一位学员都领会习近平总书记的幼有所育理念，有所成长，学以致用，把这一次的知识经验带回家乡，服务并推动本地的学前教育。

刘颜彪副局长祝贺大家顺利结束本次课程培训，希望大家在未来的教育旅程中注重理论和实践的结合，并且要学会如何将这些知识带回到日常工作中。刘颜彪副局长表示，他深深感动于大家在学习过程中努力克服地域差异并坚持学习知识的精神。这是一次树立人生信念的新起点，希望大家在未来工作中继续发挥模范作用。

学员代表龚琴感谢领导和老师给了这次机会，表示大家感受到了上级无微不至的关怀和支持。百年大计，教育为本，作为一线教师，她深深体

甘孜州“一村一幼”培训结业典礼

会到了学习在提升专业素质方面的重要意义。要想成为优秀教师，就需要学得更快、更多、更好，以点带面，增强辐射功能，将知识转化为新思路。她坚信各位学员在未来的教育旅程中，一定会成为新时代教育事业的强而有力的推动者。

黄英杰院长指出，从蚊虫叮咬的炎炎酷暑到银杏叶黄的凉爽深秋，从理论学习到专业表演再到实践跟岗，他看到了老师和学员们的坚持和坚守，感受到这一段学习旅程的不易。感谢甘孜州教体局和教育局的信任和重托！感谢幼儿园的大力支持和帮助！感谢以赵雪副院长为领队的班主任和指导老师团队！感谢学校领导的帮助和支持！感谢各位专家和教授的精彩授课！希望各位学员带着教育的友谊和大爱，带着四川轻化工大学教育与心理科学学院以实践品格为导向的教育文化精神回到家乡，建设家乡，为美丽圣洁的甘孜的学前教育发展带去新活力和新色彩。最后，黄院长祝愿大家一路顺风，友谊地久天长！

随后进行的颁奖环节中，领导们为学员们颁发了示范课课程比赛、培训课程优秀学员等奖项。

此次培训后，学员们都学有所成，带着收获知识的喜悦和不舍互诉衷肠。相信学员们在未来定会成长为教育事业中璀璨的明星！

（二）凉山州“一村一幼”辅导员能力提升培训

2021 年 1 月 5 日，党委书记王洪辉带队前往凉山州开展民族地区“一村一幼”辅导员培训项目协调工作

2021 年 1 月 5 日，我校党委书记王洪辉带领教育与心理科学学院项目组一行前往凉山州教育和体育局召开四川省民族地区“一村一幼”新增辅导员培训项目工作协调会。凉山州教育和体育局副局长马正发以及木里县、宁南县、普格县、甘洛县等地的相关人员参加了会议。

校党委书记王洪辉讲话

会上，凉山州相关人员介绍了凉山州“一村一幼”的基本情况以及辅导员选聘和管理的具体情况，希望通过四川轻化工大学培训能进一步提高辅导员的普通话水平以及师资业务综合能力。木里县、宁南县、普格县、甘洛县围绕各县实际情况和存在的问题进行汇报，并与参会人员就“一村一幼”需要解决的问题进行了探讨。

校党委书记王洪辉一行在凉山州教育和体育局召开四川省民族地区“一村一幼”新增辅导员培训项目工作协调会

王洪辉书记在会上做了讲话，他指出，现在是脱贫攻坚与乡村振兴交会和过渡时期，四川省教育厅主办的民族地区“一村一幼”新增辅导员培训，是扶贫扶智扶志的重点项目，教育与心理科学学院要充分发挥自身人才优势，切实摸懂摸透“一村一幼”新增辅导员能力培训的要求，密切关注“他们需要什么”，要有针对性地安排培训课程，务必让此次培训的效果达到预期，为民族地区学前教育事业的发展提供有效有力的支持。

三、走出大山看世界　梦想起航之旅

（一）甘孜州雅江县师生到校参观访问

为深入贯彻落实习近平总书记精准扶贫、精准脱贫思想和“扶贫先扶志，扶志必扶智”的政治要求，深入推动我校对口帮扶雅江县工作，为雅江贫困山区儿童送上温暖，2018 年至 2020 年，我校连续 3 年组织开展名为“走出大山看世界　梦想起航之旅”的扶贫助困活动。

2018 年 7 月，雅江县西俄洛片区寄宿制学校、麻朗措乡中心小学校、瓦多乡中古村师生到校参观访问

2018 年 7 月 5 日至 8 日，我校组织来自甘孜藏族自治州南部的雅江县西俄洛片区寄宿制学校、麻朗措乡中心小学校、瓦多乡中古村的 40 余名师生来到我校参观访问。

5 日晚，雅江县师生一行到达我校。6 日一早，雅江县师生首先参观了自贡市恐龙博物馆，当看到远古时代的“霸王”以化石的形式出现在眼前时，同学们发出阵阵惊呼。为了进一步了解这些史前动物，大家都认真倾听着工作人员的讲解。当天下午，校长庹先国专程陪同孩子们参观了江姐故居，并发表讲话，鼓励孩子们学习和传承红色精神，做共产主义接班人。随后，一行人还参观了自贡市盐业历史博物馆，晚上观看了四川理工学院宣传片和大型纪录片《厉害了，我的国》。

7 日，雅江县师生一行正式走入四川理工学院校园。上午 9 时 40 分，雅江师生来到第四实验楼参观了美术学院学生作品展，孩子们在解说员的

校长庹先国陪同雅江师生参观江姐故居

引导下细细参观了美术在生活中的一些具体运用和来自不同年级的学生作品。在工程实践中心，孩子们看到了我校的工程类机械仪器和一些展品。解说员鼓励孩子们在参观的同时思考，可以提出一些问题。在讲解到一些成品的时候，孩子们明显被吸引住了。在老师的鼓励下，一些孩子也抛开羞涩拿起成品仔细端详并拍照留念。

在酿酒生物技术及应用实验室，讲解员为孩子们解说了我校酿酒的历史和做出的成绩。在参观到品酒和勾兑酒的工作室时，讲解员为大家展示了 3 种不同种类的酒，让前来参观的孩子们都来闻一闻倒在杯中的酒在香味上有什么不同，借机进行了中国酒香种类的知识普及。参观材料学院实验室时，孩子们坐在电脑前看着被显微镜展现出来的微观世界，都沉浸在以前没有接触过的神奇世界中。

根秋亚杰是一名来自雅江县西俄洛片区寄宿制学校的五年级小男孩，他表示此行最喜欢的就是美术展，“看到了好多好看的画儿，还有很多漂亮的包装”。来自瓦多乡中古村的泽仁拉姆也附和道：“我也觉得今天看的画好美啊！”泽仁拉姆今年已经高二，明年即将面临高考。此次川理之行，让她印象深刻，并且增加了好好学习的动力。她说：“这所学校很好，我希望我能够通过我的努力考上这里。”

雅江师生参观四川轻化工大学校史馆

雅江师生参观四川轻化工大学工程实践中心

来自麻朗措乡中心小学校的李秘是这次的带队老师之一，他看到孩子们的笑脸，颇有感慨：“无论是自贡市恐龙博物馆、江姐故居、自贡市盐业历史博物馆这些自贡景点，还是校内的美术展、工程实践中心等，对于我们的学生来说，都是一次奇妙的体验。这次活动让他们能够拓宽眼界，对这个世界有更多难得的体验。以前在电视上看到的东西，他们能够亲身地来感受接触，这次活动真的很不错、很有意义。”

雅江县西俄洛片区寄宿制学校的马石英是另一位带队老师，她说：“多亏了这次的活动，学生们或多或少都有所收获。相信这次参观之后，学生们一定会愿意在学校里学习。见识过了这些外面的新鲜又更为广阔的世界，学生们会更加有动力去改变、去进步。由于我们地区比较偏远，对于很多孩子来说，这可能是第一次接触这些东西。真的是很感谢学校组织的这次活动。”马石英老师字字诚恳，情真意切。

随后，雅江县师生还参观了图书馆。我校党委副书记龚敏代表学校向孩子们送去爱心文具，她鼓励孩子们努力学习，矢志成才，为祖国建设添砖加瓦，并同孩子们一起观看了校航模协会进行的航模表演。航模的成果展示直接让孩子们看到了动态的科技之美，揭开了科技的朦胧面纱，直观地将科技的魅力展现在孩子们面前。

雅江师生在四川轻化工大学（汇南校区体育场）观看航模表演

校党委副书记龚敏陪同雅江师生参观我校图书馆

2019年7月，雅江县瓦多乡、柯拉乡中心校师生到校参观访问

2019年7月5日至8日，我校特组织来自甘孜藏族自治州南部的雅江县瓦多乡、柯拉乡中心校的43余名师生来我校参观访问。

6日一早，雅江县师生来到了我校校史馆，在孩子们的簇拥下，讲解员详细地讲述了学校的历史沿革和发展概况。

我校党委书记王洪辉代表学校和全体师生向雅江县师生的到来表示热烈的欢迎。他希望孩子们在这次活动中，感受祖国的大好河山，感受大学校园生活，感受自贡的历史风光，要走出大山，努力学习，将来建设祖国。之后，王洪辉书记、龚敏副书记代表学校向孩子们送上爱心玩具，并致以亲切的问候。

在校团委老师和学生志愿者的陪同下，雅江县师生参观了学校第四实验楼教心学院实验室、工程实践中心，参加了社团互动、校航模协会进行的航模表演等。在教心实验室，他们抛开了初到校园的羞涩和拘束，纷纷动起手来体验新奇的展品和玩具；在工程实践中心，孩子们在老师的指导下拼接模型，还参观了各式各样的机床设备与材料，感受到了现代化设备的发展；在喷泉广场进行的社团互动中，孩子们参与到各社团设置的体验活中来赢取丰厚的奖励，一时间欢声笑语响彻厚德楼喷泉广场。最让孩子们印象深刻的，是校航模队的表演。当飞机在空中盘旋飞行，身后拉开五彩烟雾时，孩子们发出阵阵惊呼。观看空战表演的时候，孩子们大声给自己支持的队伍加油打气。航模协会还组织了纸飞机比赛，大家踊跃参与，现场气氛十分火热。

党委书记王洪辉一行热烈欢迎雅江县瓦多乡、柯拉乡中心校师生到校参观访问

泽波是一名来自柯拉乡中心校二年级的同学，他在这次纸飞机大赛中获得了第一名的好成绩。当问及他最喜欢的部分时，他兴奋地答道：“航模表演！我最喜欢的就是玩飞机。”

雅江师生参观四川轻化工大学校史馆

丁真卓嘎也是来自柯拉乡中心校二年级的同学，她表示最喜欢的是参观教心学院实验室，觉得今天一起的哥哥姐姐们和老师都特别好，对学校的印象也很好。此次的川轻

化之行，她收获颇丰，学习到了许多新奇的知识。

雅江师生参观校史馆之科研成果

来自雅江柯拉小学一年级的学生洛让措来害羞地说道："学校很漂亮，我还看到了好多好多的飞机模型，很有趣。"

当问及大家最喜欢什么的时候，来自柯拉小学二年级的一个活泼的小男孩达瓦泽仁笑着说："这里很好玩，不仅有飞机模型还有好多有趣的讲解，以后还想来学校。"另一名同年级的学生丁真卓呷说，在这里也让她感受到了家的氛围，很喜欢这个学校。

党委书记王洪辉代表学校向孩子们送上爱心文具

6日下午，雅江县师生来到了自贡市盐业历史博物馆，孩子们在解说员的悉心引导下，有序地参观了有关自贡盐文化历史的工具陈列。当讲解到卤水制盐时，孩子们明显被吸引住了，纷纷上前体验。

在开往自贡市恐龙博物馆的途中，车上响起了美妙的歌声，有雅江县带队老师们用他们的语言唱出的天籁之音，也有孩子们稚嫩的童声。随后，到了恐龙博物馆门前，不少孩子被门前的"恐龙"所吸引，发出了阵阵惊呼。为了进一步了解这些史前动物，孩子们都在认真地听着讲解，还不时和小伙伴们分享自己所知道的恐龙种类，整个过程充满童真。

来自柯拉小学的齐姝是这次的带队老师之一，这个年轻的老师在孩子们的欢声笑语中感慨地说道：经过这一天的参观，她收获了许多。无论是盐业历史博物馆还是恐龙博物馆，给了她不可思议的真实感，其中最令她印象深刻的是上午学前教育专业的手工活动，这激发了孩子们的动手能力。

校领导与来访的雅江师生合影留念

7日上午，雅江县师生一行走进学校宜宾校区。他们首先来到A2教学楼，参观了教学环境及教学设施。随后，在解说员的带领下，孩子们进入图书馆。面对眼前如此众多的藏书与画展，孩子们惊叹不已，洋溢着喜悦的神情，不时还拿出手机拍照纪念，好奇地观望着周围的环境。

随后，孩子们来到了酿酒生物技术应用实验室，老师给孩子们科普了酒文化知识，并给孩子们介绍了酿酒原料及器具。接着到了陈列各种酒的工作室，老师将酒倒在杯子里，邀请孩子们清嗅酒香，孩子们纷纷上前闻了各种酒的独特香味，沉浸在充满酒香的世界里。

丁真卓呷是个害羞的小女孩，她看着琳琅满目的酒说道："我特别喜欢酒的气味，因为它闻起来很特别。"她还表示对酒文化十分感兴趣。

德江初是此次出行的带队老师之一，看着孩子们笑逐颜开，她也感慨良久："这次出行，让孩子们看到了不一样的世界。浓厚的人文气息，优雅的教学环境，勉励着孩子们用功读书。"齐妹老师也说道："这次参观访问在孩子们心里埋下了一颗希望的种子，将来希望它能助孩子们学有所成。"

仁真翁姆是组织部的一名带队老师，她说："看到这些充满人文气息的建筑，实在是让人赏心悦目，来了就不想走啦！"她也谈到这次梦想起航之旅的意义，坦言道："孩子们想要走出大山并不容易，而这次旅行不仅坚定了孩子们用功读书的决心，也拓宽了孩子们的视野，让他们有不一样的体验，也让他们看到这个世界的美好！"

当天下午孩子们还来到革命烈士赵一曼纪念馆，认真聆听赵一曼烈士的英勇事迹，以瞻仰、合影留念等方式深切缅怀这位抗日民族女英雄。

2020 年 7 月，雅江县呷拉镇片区、八角楼片区寄宿制小学师生到校参观访问

2020 年 7 月 22 日清晨，阳光灿烂，鸟儿欢唱，美丽的四川轻化工大学（简称“川轻化”）校园又迎来一批来自雅江县的客人。“这里的校园真漂亮！我喜欢这里！”名叫达娃卓玛的小女孩儿兴奋地欢呼。“楼房好高！”“体育馆看起来好大！”“我要回去告诉我的朋友们！”小男孩儿扎西降措不时激动地说。“我想来这里读书。回家后我一定更加努力地学习，以优异的成绩考上川轻化！”小女孩儿杨云花腼腆地笑着与志愿者同学分享自己的心情。

为深入贯彻落实习近平总书记科学扶贫、内生动力等重要思想和“扶贫先扶志、扶志必扶智”的要求，深入推动我校对口帮扶雅江县工作，从 2018 年开始，我校已连续 3 年组织“走出大山看世界　梦想起航之旅”雅江县师生四川轻化工大学校园行活动。今年来到我校参观访问的是雅江县呷拉镇片区、八角楼片区寄宿制学校小学五年级的学生和老师。

我校党委副书记龚敏代表学校全体师生向雅江县师生的到来表示热烈的欢迎！她向师生们介绍了我校的发展历史和近年来取得的成绩。当听到我校的在校生规模将达到 42 000 人时，孩子们纷纷发出惊叹。龚敏副书记勉励孩子们要怀抱理想，好好学习，持之以恒，为建设祖国贡献自己的力量。

校领导与来访的雅江师生合影留念

校党委副书记龚敏代表学校向雅江学生送上爱心文具

雅江师生参观四川轻化工大学校史馆

之后，龚敏副书记、党委组织部部长宋弘代表学校向师生们捐赠纪念品，并致以亲切的问候。

22日至23日，36名来自雅江县的师生先后来到我校自贡校区和宜宾校区，通过讲解、互动、游戏等多种形式参观了学校校史馆、教心学院实验室、工程实践中心和生工学院实验室。

看着孩子们沿途笑逐颜开、欢声笑语的样子，雅江县带队老师之一的龙丽非常感慨。她表示，非常感谢学校组织这样的活动。孩子们想要走出大山并不容易，而这次活动不仅拓宽了孩子们的视野，同时也在孩子们心里埋下了一颗希望的种子，勉励他们倍加努力地用功读书，将来学有所成，走出大山。

作为学生志愿者的杨雨洁也深感触动。她说，看到这些来自大山深处的小学生，忽然感到自己非常幸运。感恩所有教育过、帮助过她的老师和同学，也感恩这个时代给予自己的诸多幸运和机会。同时，孩子们的朝气蓬勃也深深吸引了她，让她更有动力和勇气坚持自己的梦想，追求更加卓越的人生。

在校团委老师和学生志愿者的陪同下，师生们还参观了自贡市盐业历史博物馆、恐龙博物馆和宜宾市赵一曼烈士纪念馆。两座历史底蕴深厚的城市在孩子们心中留下了深刻的印象，为此次“走出大山看世界 梦想起航之旅”画上圆满句号。

（二）屏山县师生、村干部到宜宾校区参观交流

2017 年 11 月 11 日，屏山县书楼镇中坝村留守儿童进校园，探索心中的大学梦

为进一步推进“精准扶贫”，给予山区留守儿童精准关爱，坚决打赢脱贫攻坚战，2017 年 11 月 11 日上午，四川理工学院举办了“大手牵小手，探索心中的大学梦”关爱留守儿童主题活动。我校对口帮扶的宜宾市屏山县书楼镇中坝村 40 余名留守儿童，第一次走出大山，第一次走进大城市，第一次踏入大学校园。学校党委书记王洪辉、党委副书记龚敏和相关职能部门负责人提前来到活动现场迎接来自山区的孩子们。屏山县中坝村党支部书记罗平带领村委会代表、中坝村照中小学教师代表一同到校参加了此次活动。

欢迎仪式上，王洪辉书记代表学校对中坝村师生一行到校表示热烈的欢迎，他希望小朋友们通过走进四川理工学院校园，感受大学文化、树立远大理想，在心中种下大学梦，勤奋学习、健康成长，用优异成绩回报家庭和社会的关爱。随后，大学生志愿者热情地给孩子们佩戴上印有四川理工学院校徽的徽章，大手牵小手，开始参观活动。

小朋友们都是第一次走进大学校园，每到一处，都显得格外好奇和兴奋。在志愿者的带领下，大家首先参观了工程实践中心。进入中心车间，孩子们就被各种大型机械设备所吸引，看着由各类机床加工生产出来的零件产品，听着解说介绍零件的用途，他们眼里充满好奇。在陶艺生产车间，孩子们第一次了解了陶艺制作流程，对制作出来的陶艺产品都爱不释手。第二站来到我校酿酒实验室，在老师通俗有趣的讲解下，小

参加“大手牵小手”活动的儿童在四川理工学院工程中心参观

朋友们第一次了解了酒是怎样生产出来的，并第一次用显微镜观察了微生物，大家都兴奋不已。在白酒陈列室，孩子们看到了目前我国市面上绝大部分的白酒产品，真切地感受到生活与科技的密不可分。走进大学图书馆，开阔明亮的场馆，包罗万象的藏书深深吸引了小朋友们，他们悄悄地告诉身边的志愿者哥哥姐姐，将来一定要好好学习，也要在这么宽敞明亮的大学图书馆看书学习。来到大学生科技文化节活动现场，孩子们走到各个科技展台进行参观，听着哥哥姐姐们的耐心讲解，亲手操作科技产品，体验科技成果带来的惊喜感受。在活动现场，孩子们还激动地观看了我校节能车队带来的精彩展示。来到田径运动场，孩子们第一次踏上塑胶跑道，第一次触摸足球场的人工草坪，第一次在宽敞平坦的操场上自由自在地奔跑，第一次观看精彩的航模表演，他们激动地说："大学真的太棒了！"中午，

参加"大手牵小手"活动的儿童参观四川理工学院校园

参加"大手牵小手"活动的儿童在四川理工学院工程中心参观

小朋友们第一次走进大学食堂，吃着丰富可口的饭菜，兴奋地和志愿者哥哥姐姐们聊着天，幸福的感受溢于言表。

活动最后，学校领导、相关职能部门负责同志与中坝村师生一起合影留念。分别之际，孩子们依依不舍，他们与在场的老师、志愿者们约定，回去以后一定好好学习，努力考上大学，不辜负大家的关心与期望。

近年来，学校高度重视屏山县书楼镇中坝村精准帮扶工作，积极搭建服务平台，拓展帮扶领域和

参加“大手牵小手”活动的儿童参观四川理工学院大学生科技创新作品

学校领导为参加“大手牵小手”活动的儿童发放纪念品

学校领导与参加“大手牵小手”活动的儿童合影留念

层次。此次“大手牵小手，探索心中的大学梦”关爱留守儿童主题活动，就是要给予留守儿童精准关爱，在思想上帮助他们树立远大理想和目标，在精神上给予他们支持和鼓励，在他们心中播撒希望的种子，帮助他们拥有属于自己的大学梦、成才梦。

2020年11月8日，屏山县师生、村干部到宜宾校区参观交流

为深入贯彻落实习近平总书记的“扶贫先扶志、扶志必扶智”的要求，深入推动学校对口帮扶屏山县的扶贫工作，学校还开展了“大手牵小手”屏山县小学生筑梦活动。

2020年11月8日，来自屏山县书楼镇中坝社区和清平乡民族村共计76名小学生、老师、村干部在志愿者的陪同下参观了我校宜宾校区。一场“大手牵小手，筑梦川轻化，零距离感受大学校园魅力”的活动全天开展。

上午11点，屏山县师生、村干部参加了学校欢迎仪式，我校党委常委、副校长高小林出席仪式并发表讲话。高小林副校长介绍了我校校史及发展规划，鼓励小朋友们要有坚定的志向和奋发图强的精神。他表示，学校将始终做学生们的“护梦人”，与学生们携手共进，提供最大帮助。讲话结束后，高小林副校长为小学生们发放了书包、铅笔等学习用具，小学生们献系红领巾并敬少先队队礼。仪式由我校党委组织部副部长李香主持。

仪式完毕后，屏山县师生、村干部先后参观了我校图书馆、食堂、校园、管理学院、川酒发展研究中心、酿酒生物技术及应用重点实验室和人工智能重点实验室。

在运动场举行“学生互动”时，书楼镇照中小学的刘纤羽同学向我们说道：“第一次来到大学校园，感觉十分壮阔、美丽、现代，老师和哥哥姐姐都很热情，我一定要努力学习，争取长大后来这里读书。”团委的许筠杜老师也表示：“能够看出小朋友们非常的开心，他们用纯真

副校长高小林讲话

管理学院领导向屏山县学生赠送学习用品

屏山师生参观酿酒生物技术及应用重点实验室

的语言表示要树立自己的大学梦，我心里有一种莫名的喜悦，希望此次活动能拓宽他们的视野，激发他们的学习兴趣。”

在参观管理学院时，学院组织了 27 名大学生，每一名大学生都牵着 2 名小学生，陪同他们一起参观了川酒发展研究中心、学院仿真实验室。学院向每位小学生赠送了文具盒、钢笔等学习用品。

酿酒实验室的谢军老师用通俗易懂的语言耐心地向小朋友们介绍了酿酒材料、原理、过程，并展示了酿造的成品酒。小朋友们非常认真地听讲解，并用鼻子去闻，感知酒的气味，探索酿酒的神奇。

在人工智能实验室，办公室主任刘勇向小朋友们展示了机器人跳舞、机器人射击、集成电路板生产设备，并让小朋友亲自操作了机器人控制，小朋友感到非常有趣，离开时都还依依不舍。

照中小学带队老师曾林芳说道：“这里的老师好热情，甚至比我们自己的老师还要耐心，特别是看到这么美丽的校园环境，让我和学生们开阔了眼界、受到了熏陶。”

整个参观过程中，孩子们的欢声笑语不断，他们充满了好奇、充满了向往、充满了希望。他们对知识的渴求、对上大学的期盼，都写在了那一张张稚嫩无邪的脸上。当小学生遇上大学生，当大手牵上小手，不仅仅激发了孩子们的兴趣，更播下了一颗大学梦的种子。

学校团委书记周琳、副书记郁毅，党委组织部副部长李香，管理学院

学校领导与来访的屏山县师生合影

党总支副书记毛亮、王令权，学校下派干部、宜宾市扶贫开发局副局长、屏山县人民政府党组成员梁勇，中坝社区第一书记杨平参加了此次活动。

四、义务教育，一个都不能少——劝返贫困家庭辍学学生

屏山县是国家重点贫困县，按照贫困县退出标准关于“贫困户义务教育阶段学生无辍学”的要求，县里明确了县级教育部门和乡镇政府落实法定主体责任，建立了学校、村居、乡镇、县区四级报告监测制度，发挥学校责任督学作用，助推教育脱贫，全力做到绝不让一名贫困生辍学。然而，在驻村开展精准扶贫过程中，扶贫干部发现贫困家庭学生的辍学现象时有发生，且劝返工作难度很大。

小朱是中坝村建档立卡贫困家庭的孩子，14 岁，在人乘中学读初一。9 月初开学的时候，驻村工作队得知小朱辍学了，而且已经在临港一个理发店当洗头工。消息一传出，驻村干部和村两委第一反应是事态严重。干部们研究后立即开始劝返工作，过程可谓困难重重。

第一步，首先告知家长读书的重要性、辍学的严重性、劝返的紧迫性。然而家长反馈的信息是，家里经济情况不好，欠账多，孩子读书零用开支大，再说孩子也不愿意回学校读书，说是成绩不好，而且在校表现也不好。

第二步，由村干部和村妇女主任一起到学校与小朱的班主任沟通，了解情况，知道小朱在校期间长期打架、同学关系处理不好，与他人一起偷偷抽烟、表现不好，成绩长期不好、不受欢迎。经干部与学校校长、年级组长、班主任反复沟通，学校同意孩子复学，并提出必须遵守约定。村干部继续上门做家长和孩子的工作，并通过电话与孩子联系要求其回校读书。然而孩子依然态度十分坚决，不愿复学，说是家里经济困难，没钱供养读书，想早一点打工挣钱。

第三步，由驻村工作队和第一书记一起去与孩子沟通，找到理发店并与店老板沟通好，期望干部与老板一起能说服孩子。大家发现小朱已经把发型做成了红黄相间、近乎爆炸式的非主流样式，十分夸张，且衣着打扮已经完全社会化。最伤心的是，做了近两个小时的工作，小朱依然不同意回去读书。

第四步，我校到屏山县挂职的王红旗同志抱着决不放弃的决心，想再努力去找孩子沟通，家长回复说孩子躲避起来不与干部见面。后来王红旗索要到小朱的手机号码，给他发了五六条短信，讲了好多道理，并提出希望能通过手机与他聊聊天。终于，3 天后的一个中午，小朱来电话了，王红旗十分激动，似乎看到了曙光，于是放下手中所有工作，认真细致且平和耐心地在电话中进行沟通。王红旗在电话中放下架子、摆正位置，一点一点地接近距离，一步一步打开他的话题，在了解他的学习情况、在校表现情况、家庭经济情况，以及在理发店务工情况以后，没有任何一句批评，反而大力表扬他“知道家庭经济困难而去务工，非常有孝心”等，小朱被感动得痛哭，于是王红旗再继续循循善诱，用了近 1 小时进行电话沟通，小朱答应回来读书，并且是马上就回来！

第五步，家长当天下午带孩子去把头发打理恢复成学生发型以后，便到学校去报到，班主任老师提出了关于努力学习、遵章守纪等要求，小朱尽管心里不愉快，但还是遵从王红旗之前电话中提醒的事项而接受了班主任的要求。然而，当班主任提出要求小朱必须先完成暑假作业以后才能到校学习时，小朱又伤心且生气地离开了学校。因为之前小朱决定不再读书，根本没做过作业，并早已把暑假作业、书本等全部丢掉了。在这紧要关头，王红旗接到家长电话，立即对小朱进行宽慰，平复他的情绪，紧接着与镇长、校长、年级组长、班主任分别电话沟通，经过近 2 小时来回联系沟通后，班主任同意了王红旗的建议：让小朱先回到班上读书学习，在 2 周之内补齐所有暑假作业。小朱复学了！

第六步，复学以后王红旗及其他帮扶人员经常去了解小朱的情况，通过班主任老师和家长了解孩子学习情况、综合表现，经常找孩子沟通交流、加油鼓劲，了解他的学习压力、经济困难，并努力给予帮助。现阶段小朱一直在校读书，比较努力，表现较好，没有再发生辍学的现象。

这是我校扶贫干部在驻村帮扶中所经历的一个劝返贫困家庭辍学学生的案例。此例表明，贫困依然是导致义务教育阶段学生辍学最首要的因素，厌学是仅次于贫困的辍学因素。“望子成龙，盼女成凤”是天下父母的共同心愿。同样，作为一名教师，又有谁愿意学生从自己的手中流失呢？《中华人民共和国义务教育法》明文规定：适龄儿童必须接受义务教育。同时，控辍保学工作也是脱贫攻坚的硬任务，也须压实工作责任。

五、校友向甘孜州雅江县瓦多乡中心小学献爱心

土木工程学院组织校友开展向甘孜州雅江县瓦多乡中心小学捐赠活动

为了更好地开展精准扶贫工作，2019 年 9 月 20 日，四川轻化工大学土木工程学院及其校友会在四川轻化工大学副校长刘康的带领下前往甘孜州雅江县瓦多乡中心小学进行捐赠活动。雅江县副县长杨相武主持捐赠仪式。

杨相武副县长代表县委县政府表达了对四川轻化工大学的感谢！他表示，四川轻化工大学在长期以来的帮扶中，十分注重“扶贫扶智”，教育精准扶贫作为扶贫政策的重要组成部分，对解决贫困地区教育水平低下的问题具有积极的意义，有助于推动深度贫困地区人口持续脱贫。

土木工程学院及校友会向瓦多乡中心小学捐赠了书籍和文体活动用品，向家庭经济困难的学生捐赠了衣物、鞋子、书包和文具。校友们表示，雅江是学校的对口帮扶县，校友们自从了解到瓦多乡小学的实际情况后，一直在积极筹划本次捐赠活动，专门为 30 名家庭经济困难的学生量身定做了衣服和鞋子。校友们感谢母校提供了帮扶捐赠的平台，让他们能够尽自身

所能回馈社会，为祖国下一代的健康成长贡献绵薄之力。校友们表示以后会持续关注瓦多乡的发展，将扶贫工作进行到底。

刘康副校长对小学生们提出了殷切期望，希望他们志存高远，珍惜现在的学习机会，发奋学习，以优异的成绩回报大家的关心和厚爱，成为对社会有用的人才。

土木工程学院及校友会向瓦多乡中心小学捐赠仪式

捐赠活动结束后，小学生们纷纷围在大家的身边，向远道而来的叔叔阿姨们表达自己的感激之情，也表示自己一定要好好学习，将来让自己的家庭摆脱贫困，实现自己的理想。望着这一张张幼稚的脸，看着这一双双坚定的眼睛，听着这一句句充满感激之情的话语，校友们深深感到精准扶贫政策为贫困地区、为这些贫困孩子所带来的改变。习近平总书记在精准扶贫中强调，只有开对“药方子”，才能拔掉“穷根子”，摆脱贫困首先并不是摆脱物质的贫困，而是摆脱意识和思想的贫困，扶贫必扶智，治贫先治愚。这样的政策给予了这些孩子希望，让他们通过这扇窗看到了外面的世界，树立了改变家乡、摆脱贫困的强烈信念，把自强自立的种子埋到了每一个孩子的心里，这才是广大贫困地区脱贫的根本和希望之所在。相信在不久的将来，在党和国家的扶贫政策的推动下，众志成城，精准扶贫，雅江县必将实现全面脱贫。

土木工程学院及校友会向瓦多乡中心小学捐赠书籍和文体活动用品

土木工程学院党总支书记张捷、副书记刘晓辉、学工办主任骆锐，土木工程学院成都校友会会长曾远洪、秘书长傅文武，达州校友会会长何川参加了捐赠仪式。

六、爱心支教，薪火传承

土木工程学院“筑梦者”志愿服务队
爱心支教自贡市沿滩区詹井村詹井小学，“一对一”帮扶

沿滩区詹井村詹井小学是一所村小，现有教师 13 名，小学生 180 人，幼儿园学生 23 人。土木工程学院“筑梦者”志愿服务队贯彻实行学院“引进来和走出去”的理念，成立 6 年来累计支教对象 200 余人，“一对一”帮扶 10 余人。秉持着“用心筑造梦，用爱温暖心”的宗旨，志愿者们每周都会提前备好教案，准时抵达学校，给小朋友们带去知识的温暖。在刚刚过去的学期，詹井小学一年级学生舒如意，在学校老师和帮扶志愿者的共同努力下，取得了年级第一的好成绩。其他参与帮扶的小朋友，也取得了很大进步。

四川轻化工大学人才济济，同学们术有专攻，“筑梦者”志愿服务队则汇集各方人才。“筑梦者”志愿服务队对学生志愿者先进行严格的面试筛选，选出有爱心、有担当、有能力的志愿者们，再有计划、有准备地对詹井小学的小朋友们进行支教帮扶活动。其中，有学前教育专业的志愿者，她们凭借自己的专业素养来教导小朋友，用足够的耐心、爱心拉近与小朋友之间的距离；有英语特长的志愿者，在课堂上将英语知识融入歌曲，让小朋友在音乐中学习；还有书法爱好志愿者，将中华传统文化发扬光大，传承下去……

在 2019 年下半年，土木工程学院举办了毕业晚会，特别邀请了詹井小学的老师、小朋友及小朋友的家长。志愿服务队带着詹井小学的小朋友们参观学校，领略我校风采，激发他们的学习兴趣，引导他们为自己的未来而拼搏。在晚会上，志愿服务队也与小朋友们共同表演了杯子舞《稻香》献给毕业生。分别之际，小朋友们还牵着志愿者的手，当回家的车开动时，他们还趴在车窗上向志愿者们挥手告别。

参与支教帮扶的志愿者，是孩子们的远方，是他们心目中的美好未来。对于志愿者来说，这就是诗，是美好的传承。小朋友们教会志愿者对生活的渴望，志愿者发挥自身的作用，将他们带向远方。总书记说过，孩子是未来社会的主力军，要让山区的孩子和城镇里的孩子享有同等的教育和生存条件。通过支教帮扶活动，志愿者们不仅能教给小朋友们知识，开拓他们的视野，还能与他们进行感情交流，了解到他们学习和生活上的一些困惑和问题，及时帮助他们解决，让他们更加茁壮地成长。

每一次支教志愿者去詹井小学支教，都能够在老远就听到小朋友们的“欢迎新老师”的欢呼。“筑梦者”志愿服务队为了詹井小学的支教帮扶工作可谓尽心尽力：在“六一”为小朋友们送去礼物和文具，在冬天又组织同学们为小朋友们捐赠衣物和书籍，送去温暖。支教帮扶工作者以及支教志愿者们见证了小朋友们的成长，也陪伴着他们一起长大。

土木工程学院秉承“建德筑学，博识明责”的谆谆院训，努力培养有理想信念、有道德情操、有扎实学问、有仁爱之心的“四有”新人。支教帮扶的成功开展，说明培养工作是有成果有效果的。

在之后，志愿者们将不忘初心，担当党的崇高使命，矢志永远为志愿服务活动奋斗！为贫困留守儿童们献出当代大学生的一分力量！

七、产业扶贫，“输血”“造血”并举

帮扶屏山县农产品加工业发展，“输血”“造血”并举

四川轻化工大学从2015年开始对口帮扶宜宾市屏山县。屏山县地处四川南缘、宜宾西部，西靠凉山州雷波县，金沙江、岷江穿境而过，辖11个乡镇、167个村（社区），总面积1 504公里^2，总人口31万余人，县域多高山，被评价为“九山半水半分田”。屏山是国家扶贫开发工作重点县，是向家坝水电站库区移民重点县。受全国第三大水电站向家坝水电站建设影响，屏山2002年至2012年封库停建10年，整体搬迁1座县城和6个乡镇，动态移民近6万人，为四川省第二移民大县。长期以来，移民迁建制约了屏山县的产业发展，农民依然靠传统的耕作模式进行农业生产，农业产品

附加值低，农民普遍存在“靠天吃饭”的情况。在帮扶过程中，我们发现扶贫就要发展二产加工业，这样才能带动贫困户，激发其内生动力，最终使其摆脱贫困。通过调研，四川轻化工大学在2019年选定屏山县农产品加工企业香轩苑食品有限公司（简称“看轩苑”）作为对口扶持企业。

香轩苑食品有限公司成立于2013年，占地面积21.6亩。厂房及配套设施1.45万米^{2}，现有员工68人。该公司拥有酱腌菜、调味品和速冻制品生产加工生产线3条，2019年产品总销售额675万元。企业生产能力较小，产品缺乏销路并且品牌影响力较低。

截至2020年年底，香轩苑已基本建立企业线上销售平台，在天猫网自建“聚九方食品旗舰店”，同步上线“拼多多”“扶贫832平台”等网销平台。线下以成都红旗连锁超市、永辉超市、宜宾绿源超市等商超为拓展，并与成都高铁东站、宜宾高铁西站、成都秀丽东方购物平台、成都物业社团购物平台、川航物流等客商开展运营合作。

2018年，香轩苑宜宾燃面获“四川省优秀旅游食品”称号；2019年获宜宾市“哪吒杯”文创旅创特色商品评选金奖。2020年，公司销售燃面160吨，销售总额912万元（5.7万元/吨）。公司“聚九方食品旗舰店”在天猫网销售面食名列第一；在“扶贫832平台”销售总额1 360万元。2020年，公司实现销售总额2 377万元，较2019年增长了3.52倍。

与此同时，香轩苑还大力支持扶贫产业，拥有川南佛手瓜和优质宜宾芽菜两个扶贫项目，分别与屏山县大乘镇大田村、龙华镇旭光村、新市镇平宁村和寸腰村4个贫困村合作实施，每年定期到场收购农产品，共覆盖贫困户66户243人。

八、消费扶贫雅江县中古村

大力实施消费扶贫，有利于动员社会各界扩大贫困地区产品和服务消费，调动贫困人口靠自身努力实现脱贫致富的积极性，促进贫困人口稳定脱贫和贫困地区产业持续发展。

消费扶贫具有重要的深远意义。第一，消费扶贫有利于贫困户的稳定增收，特别是有利于实现习近平总书记讲的“扶志”“扶智”，有利于贫困户未来的自我发展，其效果明显优于简单的给钱给物。第二，消费扶贫有利于贫困地区特色产业的长期培养，对未来贫困地区的经济社会发展更有意义，也让贫困地区的产业扶贫有了精准的方向，形成了密切的产销衔接。第三，消费扶贫有利于动员社会力量的便捷参与，特别是有了互联网载体和电商平台后，让扶贫变得人人可为、人人乐为，既满足了消费升级对绿色生态农产品的需求，也促进了贫困地区产业发展的供给侧结构性改革。

“授人以鱼，不如授人以渔”，扶贫最终的落脚点不是一时提升贫困群体的收入，而是要帮助贫困人口培养“造血”能力，能够有持续稳定增长的收入，提升生活水平。消费扶贫作为“造血”式扶贫，比直接给钱给物的“输血”式扶贫更能有效激发贫困户的参与热情，提升扶贫的质量和效率。所以，以消费带动贫困地区产品和服务的销售，共同携手打赢脱贫攻坚战是我们肩负的使命。让我们共同努力，让消费扶贫人人愿为、人人可为、人人能为。

我校定点帮扶的甘孜州雅江县瓦多乡中古村，位于雅江县境西部，瓦多乡政府驻地东北方向，离国道 318 较远，需从东北方向通过西德路经德差乡连接 318 国道，或从北方向通过木绒乡经河口镇连接 318 国道。中古村距离县城 56 公里，距离乡政府驻地 7 公里；位于高山寒带和高山亚寒带，村域地形为中间河谷、两侧高山，沿霍曲河呈带状分布；海拔在 3 100 ～ 4 000 米，海拔较高且高差变化较大；有农作物栽培，但收成不稳，经济发展比较落后，是典型的藏区贫困村。中古村属高山地区，符合全村经济增收的项目难找。因为全村群众文化水平低，大部分群众没有文化，所以技术含量高、操作过程复杂的增收项目难以实施，脱贫困难大。全村耕地面积少，人均耕地面积仅 1 亩多，且大部分为 22 度以上的坡耕地，土层薄，土壤质量差，旱涝不保收，农民脱贫致富难。传统的“小麦、青稞 + 洋芋”模式是中古村群众的主要种植方式，生产结构单一，土地抗风险能力低。全村群众的经济收入大部分都是靠挖虫草、捡松茸等季节性收入。故此，我们决定进行消费扶贫。

先下订单再生产　做到稳妥有保障

如何打造消费扶贫的稳妥路径？首先，建立“先下订单再生产”的经营理念。具有“先有订单后生产”的经营理念不仅是现代农民的标志之一，也是贫困地区农业生产者应有的经营素质。脱贫攻坚工作中，帮助贫困地区和贫困户树立这种经营理念，对于消费扶贫的可持续发展至关重要。立足“生态环境好、产品质量优”的农产品优势，因地制宜，积极调整农业产业结构，找准产业扶贫与消费扶贫的最佳结合点，发展“一村一品”，利用群众种植青稞的习惯，按订单生产经济收益高的黑青稞，让该村人均增收约 500 元。

激发消费者参与扶贫 打造消费扶贫的社会氛围

消费扶贫是以消费者为主体，通过购买和消费来自贫困地区和贫困人口的产品、劳务，实现贫困主体增收脱贫的扶贫方式。有多少消费者能参与进来，以及能否持续地参与进来，直接关系到消费扶贫能否可持续发展。因此，开展消费扶贫，需要针对消费者做大量的宣传，以形成必要的社会氛围。宣传理念上，树立消费扶贫对于消费者和贫困人口是双赢的理念。一方面，随着经济社会发展和居民收入水平的提升，人们参与扶贫公益事业的愿望逐渐提高。消费扶贫提供了一个很好的方式，让更多人有机会参与到扶贫事业中。消费者购买了来自贫困地区的绿色、生态产品，满足了追求高生活消费的需求，同时，奉献了爱心、帮助了贫困人群。物质满足和精神满足将提高消费者的幸福感。另一方面，消费扶贫可以为贫困人群提供稳定的增收渠道，激发其脱贫致富的内生动力。消费扶贫作为一种“造血”式扶贫，比捐钱捐物等扶贫方式更能有效激发贫困人口的参与热情，提升扶贫的质量和效率。

坚持党政强力推动 做到全保障

消费扶贫有自发的因素，更取决于有力的引导。迅速打开消费扶贫新局面，必须更好地发挥党委行政的作用，为消费者和贫困户建立供需对接渠道。基于发展实际和现实考虑，我校要求各部门把推动消费扶贫作为打赢脱贫攻坚战的一项有力抓手，充分发挥体制和组织优势，力争尽快把消费扶贫活动有声有色地开展起来。一方面，挖掘党政机关、各单位的集团消费潜力，调整采购结构，组织开展形式多样、群众喜闻乐见的线上线下消费扶贫活动，发动党员干部参与消费扶贫；鼓励机关单位在员工食堂举办扶贫爱心集市活动，采购贫困户的农产品；鼓励校友企业在超市、供销点设立扶贫农产品专区专柜。同时，充分发挥帮扶责任人和驻村第一书记的作用，把开展消费扶贫活动作为他们履职的主要工作，要求他们积极对接产销两头，千方百计保障贫困户农产品的稳定供应；帮助贫困户在网络销售平台发布产品信息，并核实产品信息，确保产品货真价实、情况真实可信；做好产品宣传，让更多人了解贫困户的产品。消费扶贫是社会行为，不能只靠党政机关、党员干部的参与和推动，必须进行广泛宣传和动员，真正把全社会的热情和积极性激发出来，力争形成领导带头、党员紧跟、大众踊跃参与的生动局面。积极发动社会力量对接物流、电商等，打通消费扶贫“最后一公里”。

坚持贫困户自觉主动　做到全参与

贫困户既是消费扶贫的帮扶对象，也是消费扶贫产品的供应者。要重视并且做好引导工作，激发贫困户参与消费扶贫的主动性、积极性。同时，创造条件，推动贫困户全参与。派驻该村的帮扶力量，坚持“支部引领、党员带头、群众参与、集体增收”的党支部领办合作社路子，深化产业帮扶，积极引导贫困户发展特色产业。发展产业是实现脱贫的根本之策，千方百计提高贫困户的产业覆盖率，组织贫困户大力发展经济效益高、市场前景好、受消费者欢迎的特色产业。积极加强培训指导，提升贫困户参与消费扶贫的能力。通过农牧民夜校、帮扶责任人政策宣讲等方式让贫困户了解消费扶贫活动，激发他们的劳动热情。同时，根据贫困户的需求组织好各种技术培训，争取让每个贫困户都有一技之长，都有能力参与到消费扶贫活动中来。把贫困户的供应和消费者的需求更直接、更便捷地对接起来，让大家结成更紧密的利益共同体，在推动消费扶贫中实现多方共赢。

坚持线上线下高效互动　做到全服务

“网购”已成为大众消费的重要方式，推进消费扶贫也要高度重视“网购”的渠道。从此前的经验看，部分消费扶贫实践很难成为一种可持续的市场行为，关键就在于贫困户和消费群体之间没有建立起常态化、规模化、便利化、规范化的交易机制。为解决这一问题，我校积极联系爱心校友搭建销售平台，并将其作为开展消费扶贫最重要的载体和抓手，为广大消费者和贫困户搭建起便捷高效的交易平台。贫困户农产品的上架、销售、配送、售后服务都可以在爱心扶贫网实现。

我们的消费扶贫助力脱贫增收显实效：首先带动贫困村集体产业收入增长；其次拉动了贫困户经营和就业增收，人均增收 500 元。

第五章

帮扶甘孜州雅江县

一、甘孜州雅江县概况

2017年年底，雅江县总面积7 854.5公里^2，县城海拔2 632米，辖4镇13乡，人口5.4万余人（其中农村人口占86%，藏族人口占95%以上）。全县有贫困村53个，贫困户2 089户，贫困人口9 993人，贫困发生率达22.7%。

雅江县有耕地面积4.56万亩，草地面积563.7万亩，可利用草场502.8万亩。全县林地面积723.80万亩，森林覆盖率50.8%。全县已通公路2 297.481 4公里，113个行政村已全部实现通村通达，通达率100%；48个村实现通村通畅，通畅率为49.77%。全县已通水17乡（镇）、113行政村，安全饮水覆盖率达100%。县境内有雅砻江、霍曲河等69条河流。县境内动植物种类十分丰富。

二、四川轻化工大学对口帮扶甘孜州雅江县方案

（一）帮扶措施

四川理工学院

对口帮扶甘孜州雅江县实施方案

根据《中共四川省委组织部　中共四川省委教育工作委员会　四川省教育厅　四川省扶贫和移民工作局关于印发〈四川省高校对口帮扶深度贫困县实施方案〉的通知》（川教〔2017〕111号），我校对口帮扶点为甘孜州雅江县。为进一步贯彻落实精准扶贫要求，加强深度贫困县对口帮扶，帮助雅江县顺利打赢脱贫攻坚战，结合我校实际，特制订本实施方案。

一、工作目标

履行高校服务社会职能，充分发挥我校学科特色和人才优势，以人才支撑、智力支持、教育支援、科技帮扶、文化服务为抓手，以对口帮扶为工作载体，通过选派扶贫干部、培育基层队伍、助推产业发展、提升教育质量、开展志愿服务等方式，全面实施对口帮扶精准扶贫，帮助雅江县进一步提升经济、社会、教育、科技发展水平，提升

脱贫致富能力，确保2020年顺利实现脱贫摘帽。

二、主要举措

（一）组建领导小组。学校成立对口帮扶深度贫困县工作领导小组，由党委书记王洪辉、校长庹先国任组长，其他党委常委任副组长，党委办公室、党委组织部、党委宣传部、工会、团委、学生处、计财处、国资处、服务地方工作处、后管处、后勤服务总公司、管理学院、经济学院、马克思主义学院、美术学院等部门负责人为成员。领导小组下设办公室，挂靠党委组织部。

（二）选派优秀干部。党委组织部负责选派1名作风好、素质高、能力强的干部到雅江县进行脱产驻村帮扶，积极宣讲党的各项强农惠农方针政策，实施贫困村扶贫规划，协调帮扶资金、实施帮扶项目。学校将加强驻村干部管理和培训，提升其业务能力和水平；定期进行驻村干部考核，将考核结果作为评先选优的重要依据；优先提拔使用优秀驻村干部。

（三）提供资金物品支持。每年积极开展捐款和捐赠衣服、图书、生活用品等捐赠活动，鼓励学校教职员工与贫困地区建档立卡贫困学生家庭建立长期的帮扶关系。

（四）开展智力帮扶。充分发挥学校智力资源优势，积极开展雅江县党政领导干部、基层村（社区）干部等各类人群的教育培训，指导加强基层党组织建设，帮助干部队伍转变发展观念，从思想上脱贫，使雅江县群众紧跟时代发展步伐，适应经济社会发展新常态；组织雅江县基层村（社区）干部、中小学校长和教师、农村科技人员等开办各类长短期结合的技能提升培训班，帮助雅江县开发人力资源，培养本土人才，提升群众脱贫致富的技能和本领；与雅江县所在地中职学校对接，以派出教师、培养培训“双师型”教师等方式，帮助提升其中等职业教育教学水平。学校每学期举办不少于1个班次的培训教育。

（五）开展产业帮扶。根据雅江县的需求，充分发挥学校特色学科和科技优势，重点围绕雅江县资源优势，以市场为导向，帮助加快发展特色优势产业，支持雅江县打造、推广脱贫致富项目，帮助做好产业发展规划和转型升级。

（六）开展就业帮扶。学校将依托行业企业背景优势，促进雅江县生源地学生就业，积极鼓励引导各类人才和优秀毕业生到雅江县就业；充分发挥学校信息面广量大、渠道丰富的优势和现代信息网络作用，为雅江县提供就业信息、市场资源和政策咨询。

（七）提供决策咨询。充分发挥学校"思想库"和"智囊团"的作用，结合重大经济社会问题和本校重大课题研究，根据雅江县需求，对雅江县县域经济社会发展、资源环境协调、生态文明建设、社会矛盾问题等开展专题研究，积极为地方政府发展规划和政策制定出谋划策，提供决策咨询服务。

（八）开展志愿服务。充分发挥学校工会、共青团和各类学生社团组织作用，有序组织志愿者到雅江县开展支教支农、大学生暑期社会实践、"三下乡"等志愿服务，组织文艺演出下乡、优秀书画下乡、优秀图书下乡等文体下乡活动，加强贫困地区思想文化阵地建设，营造浓厚的文化氛围。组织人员挖掘地方文化精髓，帮助建立地方特色文体队伍，开展各类演出活动和趣味体育活动，提高群众思想素质和文化修养，丰富群众文化生活。鼓励应届大学毕业生和在读研究生积极参与大学生志愿服务西部计划和大学生村官工作，到雅江县从事志愿服务工作。每年开展志愿者服务不少于1次。

（九）提供法律援助服务。充分结合"法律七进"活动，积极开展普法教育，推动雅江县全面"尊法、学法、守法、用法"，增强群众法律意识、法治观念。学校积极开展法律援助服务。

三、保障措施

（一）加强组织领导。学校每年定期组织召开帮扶深度贫困县专题工作会议，研究、部署、总结帮扶工作，每年至少召开2次专题会议。根据帮扶县实际情况，确定1～2个定点帮扶贫困村，学校处级及以上领导干部要带头深入各对口帮扶县、定点帮扶贫困村开展督导、调研工作，学校主要领导每年不少于2人次。

（二）完善保障措施。学校建立配套措施，安排专门经费和其他必要资源，对驻村干部、参加对口帮扶的人员（含学生），在生活补贴、职级待遇、职称评定、科研项目申报、学生评优评奖等方面给予优先照顾和重点倾斜。

（三）细化分解目标。学校与雅江县联系，深入调研，建立双向联系工作制度，签署合作帮扶协议，细化帮扶任务，明确责任部门、责任人、帮扶途径方式、时间进度和实现目标等。

（四）加强督查考核。各责任部门、责任人要充分认识对口帮扶深度贫困县工作的重要性和紧迫性，确保全面完成各项目标任务。学校对口帮扶深度贫困县工作领导小组将加强督查考核，对任务落实、工作出色的部门和个人进行通报表扬；对工作推动不力，任务不落实的部门，将通报批评，并限期整改。

（五）做好总结宣传。各责任部门、责任人要充分利用报刊、广播、电视、网络、微博、微信等媒体，大力宣传对口帮扶工作的重要意义、进展情况和工作成效。对好做法、好经验、好典型要及时发现、认真总结，形成典型经验材料及时报学校帮扶深度贫困县工作领导小组办公室。

（二）结对帮扶协议书

四川理工学院

雅江县人民政府　结对帮扶协议书

甲方：四川理工学院

乙方：雅江县人民政府

发挥高校优势，助推脱贫攻坚，是深入贯彻落实中央及省委关于扶贫开发总体战略部署、全面建成小康社会的必然要求，是高校履行服务社会职能的具体体现。为进一步发挥甲方优势，深度参与和全面助推乙方脱贫攻坚工作，经甲乙双方同意，签订如下结对帮扶协议。

一、结对帮扶时间

本次结对帮扶工作自本协议签订之日起启动，至2020年贫困县脱贫摘帽为止。

二、结对帮扶的指导思想

深入学习贯彻习近平总书记系列重要讲话精神，认真落实中央“四个全面”战略布局及《中共四川省委关于集中力量打赢扶贫开发攻坚战 确保同步全面建成小康社会的决定》《中共四川省委四川省人民政府关于进一步加快推进深度贫困县脱贫攻坚的意见》等系列扶贫开发文件精神，进一步发挥高校优势助推贫困地区提高经济社会发展水平，加快贫困地区脱贫奔小康步伐。

三、结对帮扶的基本原则

（一）坚持人才和科技帮扶为主。紧紧围绕当前脱贫目标，充分发挥人才和科技对脱贫攻坚的重要作用，加强甲方向乙方的人才支持和科技输出，帮助乙方在产业发展、教育脱贫、人才培养等方面取得更大成效。

（二）坚持需求导向、协同合作。以乙方的需求为导向、短板为重点，立足甲方自身优势和乙方实际，有针对性地开展帮扶。

（三）坚持开拓创新、注重实效。创新帮扶工作理念，推动扶贫工作载体和方式方法创新、宣传与教育引导创新、机制建设创新，不断提高甲方参与脱贫攻坚的针对性和实效性。

（四）坚持发挥优势、尽力而为。甲方应主动作为，尽力而为，量力而行，充分发挥优势，积极参与脱贫攻坚，为乙方实现脱贫目标任务作出贡献。

四、结对帮扶的主要内容

（一）选派扶贫干部。甲方将选派1名优秀干部到乙方挂职，直接参与脱贫攻坚工作，充实精准扶贫力量，开展驻村帮扶，积极宣讲党的各项强农惠农方针政策，实施贫困村扶贫规划，协调帮扶资金、实施帮扶项目。挂职干部挂职期为2～3年。

（二）提供资金物品支持。甲方每年积极开展捐款和捐赠衣服、图书、生活用品等捐赠活动，鼓励甲方教职员工与乙方建档立卡贫困学生家庭建立长期的帮扶关系。

（三）开展智力帮扶。充分发挥甲方智力资源优势，积极开展对口帮扶县党政领导干部、基层村（社区）干部等人群的各类教育培训，指导加强基层党组织建设，帮助干部队伍转变发展观念，从思想上脱贫，使贫困地区群众紧跟时代发展步伐，适应经济社会发展新常态；接收乙方基层村（社区）干部、中小学校长教师、农村科技人员等到甲方开办的各类长短期结合的技能提升培训班，帮助乙方开发人力资源，培养本土人才，提升群众脱贫致富的技能和本领；与乙方所在地中职学校对接，以派出教师、培养培训“双师型”教师等方式，帮助提升其中等职业教育教学水平。甲方每学期举办不少于 1 个班次的培训教育。

（四）开展产业帮扶。根据雅江县的需求，充分发挥甲方特色学科和科技优势，重点围绕乙方资源优势，以市场为导向，帮助加快发展特色优势产业，支持乙方打造、推广脱贫致富项目，帮助做好产业发展规划和转型升级。

（五）开展项目帮扶。为助推雅江县建设学习型社会、办好人民满意教育，帮助其做好教育发展规划，支持乙方呷拉集中办学区初中部建设项目部分资金。

（六）开展就业帮扶。甲方将依托行业企业背景优势，促进乙方生源地学生就业，积极鼓励引导各类人才和优秀毕业生到乙方就业。充分发挥甲方信息面广量大、渠道丰富的优势和现代信息网络作用，为乙方提供就业信息、市场资源和政策咨询。

（七）提供决策咨询。充分发挥甲方“思想库”和“智囊团”的作用，结合重大经济社会问题和本校重大课题研究，根据雅江县需求，对乙方县域经济社会发展、资源环境协调、生态文明建设、社会矛盾问题等开展专题研究，积极为地方政府的发展规划和政策制定出谋划策，提供决策咨询服务。

（八）开展志愿服务。充分发挥甲方工会、共青团和各类学生社团组织作用，有序组织志愿者到乙方开展支教支农、大学生暑期社会实践、“三下乡”等志愿服务，组织文艺演出下乡、优秀书画下乡、优秀图书下乡等文体下乡活动，加强贫困地区思想文化阵地建设，营造浓厚的文化氛围。组织人员挖掘地方文化精髓，帮助建立地方特色文体队伍，开展各类演出活动和趣味体育活动，提高群众思想素质和文化修养，丰富群众文化生活。鼓励应届大学毕业生和在读研究生积极参与大学生志愿服务西部计划和大学生村官工作，到乙方从事志愿服务工作。每年开展志愿者服务不少于1次。

（九）提供法律援助服务。充分结合“法律七进”活动，积极开展普法教育，推动贫困地区全面“尊法、学法、守法、用法”，增强群众法律意识、法治观念。甲方积极开展法律援助服务。

五、帮扶工作要求

（一）甲方要认真落实结对帮扶工作计划，按照时间节点和工作要求完成帮扶项目；乙方要全力支持和配合，确保帮扶项目顺利完成。

（二）帮扶项目资金实行统一管理，专款专用，严格执行财政规定。

（三）双方要深化结对帮扶活动，创新内容方法，不断总结提高，并做好活动记录，及时向上级党组织汇报开展活动的情况。

本协议未尽事宜，由甲、乙双方协商确定。

本协议自甲、乙双方签订之日起生效，至2020年乙方脱贫摘帽终止。

协议书一式三份，甲、乙双方各执一份，上报四川省教育厅一份。

甲方代表签字（盖章）：　　　　乙方代表签字（盖章）：
2018年1月18日　　　　2018年1月18日

（三）对口帮扶管理办法

四川理工学院
对口帮扶雅江县工作站管理办法

第一条　为进一步贯彻落实精准扶贫要求，加强深度贫困县对口帮扶工作，充分发挥我校学科特色和人才优势，做好教育扶贫、人才扶贫、智力扶贫、科技扶贫、信息扶贫和专业扶贫等工作，帮助雅江县顺利打赢脱贫攻坚战，特制定本办法。

第二条　四川理工学院对口帮扶雅江县工作站（以下简称“工作站”）为学校非常设机构，具体负责学校对口帮扶雅江县各项工作。工作站负责人为学校派驻雅江县开展帮扶工作的刘科财同志。

第三条　工作站的主要任务：在学校党委和雅江县的领导下，按照上级精准脱贫工作有关精神，结合学校帮扶工作实际，切实做好各项帮扶工作，确保各项帮扶工作落地落实，取得实效。

具体有：

（一）深入学习各级脱贫攻坚文件精神，了解和掌握各项扶贫政策措施，为学校党委开展脱贫攻坚工作提供决策咨询。

（二）充分调研雅江县脱贫攻坚任务需求，结合学校优势和实际，研究制订帮扶工作实施方案，编制年度帮扶清单，协调和推进学校各项扶贫工作。

（三）根据帮扶工作实施方案和任务清单的要求，主动联系协调学校各部门与雅江县相关部门对接帮扶工作，协助牵头部门制订切实可行的工作计划，做好各项后勤保障工作，确保各项帮扶工作的顺利开展。

（四）负责扶贫工作信息简报的编辑整理工作，不定期地编辑扶贫工作简报，有宣传价值的，要形成新闻稿件并及时通过报刊、广播、电视、网络、微博、微信等媒体进行宣传报道。

（五）根据帮扶工作实施方案和任务清单的要求，协助学校党委做好各项扶贫工作的督查催办工作，并将工作开展情况及时向学校党委汇报。

（六）做好扶贫档案材料的收集整理工作，并按照相关要求，做好扶贫工作计划、方案、进度、总结等日常文件、数据的报送工作。

第四条　工作站建设和运行经费，实行单项管理，专款专用，据实报销。

第五条　工作站不具备法人资格，任何个人不得以工作站名义对外开展相关活动。

三、扶贫干部事迹

• 刘科财

刘科财，男，汉族，中共党员，1977 年 7 月出生，四川南充人，2002 年 7 月参加工作。2018 年 3 月，学校选派化学工程学院学工办主任刘科财全职在雅江县开展精准扶贫工作，挂职雅江县委组织部副部长、雅江县瓦多乡党委副书记、瓦多乡中古村驻村工作队队员，开展对雅江县的帮扶、校县合作及全力推动中古村精准扶贫工作。他不忘初心、牢记使命、忠于职守、勤勉尽责，心系贫困地区，情系贫困群众，深入脱贫攻坚一线，有强烈的事业心和责任感，艰苦奋斗，积极作为，勇于担当，认真做好工作协调、多方争取、政策宣传、脱贫交账、督察指导等工作，较为出色地完成了扶贫任务。

刘科财

刘科财召开中古村两委班子成员会研讨产业发展

刘科财走村入户调研核查村情民情

刘科财在驻村短短半年多的时间里，摸清村里情况，找准帮扶对策，为中古村脱贫打了一个“漂亮仗”，2018 年年底就带领中古村村民全部脱贫，其中包括对口帮扶的中古村贫困户，中古村也于当年成功退出贫困村系列。

由于工作成绩突出，2019 年，他被中共雅江县委评为“优秀驻村队员”。刘科财对农村有着深厚的感情，深知农民疾苦，自从被选派为扶贫干部以来，他始终坚持为农村、为农民服务。为了准确把握中古村贫困状况，有针对性地做好扶贫工作，他第一时间与驻村工作队及村两委班子见面，了解村里的基本情况，计划精准扶贫的整体思路。他经常深入村民家中开展调查研究，走访贫困户，了解其家庭成员、年收入、住房、身体健康状况，以制订切合实际的脱贫计划。

1. 注重思想引领

他驻村帮扶以来，固化村班子例会和村班子定期专题学习制度，定期组织召开村党员大会和农牧民夜校，积极向农牧民群众讲解党的惠民政策，传授脱贫经验，解决群众“等、靠、要”思想问题，从思想上拔穷根，消除精神贫困，以有效改变群众思想观念，来增强他们脱贫奔小康的信心。他组织中古村青少年学生到自贡市恐龙博物馆、江姐故居、自贡市盐业历史博物馆和我校工程实践中心、材料学院实验室等地开展“走出大山看世界 梦想起航之旅”扶贫助困活动，让中古村孩子开阔眼界、增长见识，坚定了知识改变命运的信念。

2. 注重党建示范

他驻村帮扶以来，帮助中古村党支部理顺基层党组织设置、党内组织生活制度、党员教育管理等方面体制机制，组织开展 140 余期“三会一课”“主题党日”、农民夜校等活动，全力推动党的方针政策在中古村家喻户晓；组织村两委主要负责人及村民代表，奔赴自贡市沿滩詹井村、富顺县乡村振兴学院、宜宾市南溪区裴石镇月亮湾社区考察参观学习，让村干部和村民代表开阔了眼界，拓宽了思路；针对村班子不健全、战斗力不强、没有致富代表等突出问题，培养选拔思想水平高、奉献精神强、群众基础好的致富带头人，积极配合乡党委搞好基层组织建设。

3. 注重解民忧难

强化社会保障，完善社保兜底、医保养老等扶贫措施。他认真做好联系重大项目、重点工程、重要事项工作，努力做到真心联系、热心服务。具体包括：协调资金 1 500 余万元，建成通村路入户路 9.6 公里，有力地解决了村民出行难问题；建成 200 米^{2}活动室（文化室、卫生室及运动场“打捆”

建设），改善了村基础设施建设；筹建2处居民集中饮水池，2处垃圾处理房；全面排查全村住房安全，完成26户“藏区新居”建设，保障了住房安全、卫生饮水等。他积极为生重病的村民阿忠、邓珠多吉开展捐款、捐生活用品和衣物等捐赠活动，共筹善款10余万元；争取到宜宾金汶商贸有限责任公司捐赠中古村每位村民1双冬鞋，价值4万余元；争取到社会爱心人士及我校捐赠的衣物约3 500件。不仅如此，作为一名教育工作者，刘科财始终坚信，在脱贫攻坚工作开展中，要在阻断贫困代际传递上恒久发力，让贫困户的下一代不再“戴上”贫困的帽子。他协调教育扶贫，落实辅助措施。他依托我校良好的教育资源，开展我校与中古村青少年学生“结对助学”工作。校内9个党总支与9名贫困户学生建立“一对一”助学帮扶关系，为他们有针对性地开展课程辅导和配置课外辅导读物。中古村贫困户扎西泽仁的女儿泽仁拥忠就是我校生物工程学院结对帮扶的对象，通过有针对性的辅导和课外学习，泽仁拥忠从曾经的“后进生”转变为班级学习先进个人，学习成绩在班级名列前茅。

4. 注重产业发展

他协助村两委积极争取项目发展资金64万元，结合中古村气候特点和水土实际，积极发展村集体经济产业，成立了雅江县中古种养殖农民专业合作社，充分发挥龙头带动作用，种植中药材秦艽60亩，高原木耳5亩，至今全村村民人均累计获得村集体经济分红超过1 000元。他还积极鼓励群众上山采摘虫草、松茸及外出务工，农牧民群众人均收入得到了提升，真正实现了增收致富。他舍小家，顾大家，帮助中古村顺利通过了县、州、省和国家级脱贫验收。

刘科财积极协调落实学校对口帮扶雅江县工作，协调完成校县项目30余项。他积极推进“志智双扶”工作，关心关爱藏区贫困学子，组织雅江县100余名贫困学子开展“走出大山看世界　梦想起航之旅”活动，联系校友为他们捐衣物、学习用品；广泛开展少数民族地区人才培养工作（共开展9期有430名雅江籍干部、教师等参加的培训）；协调组织我校法律专家、驻点律师组到雅江县开展普法教育宣传，并提供法律援助等工作；协调组织我校设计团队为雅江县28种农牧林特产品进行外包装设计，赢得了雅江县的高度肯定；组织优秀校友企业销售农特产品价值43万元，积极联系帮助销售雅江特产虫草、松茸等价值近20万元，助力雅江脱贫奔小康；积极组织我校师生协助雅江开展工作，如人文学院就雅江县融媒体建设及新闻人才的培养开展了专项工作，音乐学院师生积极宣传推广雅江旅游文化，取得了良好的社会反响。雅江县2019年顺利实现脱贫摘帽，2020年5月被四川省委省政府表彰为“全省脱贫攻坚先进县”。

刘科财始终牢记为人民服务宗旨，任劳任怨、无私奉献、踏踏实实做好每一件事，赢得了人民群众的好评和领导的赞誉。

3年扶贫结束，谈及收获，刘科财说的第一个词是成长。他说：“扶贫工作很辛苦，但是结果是甜的。艰苦的环境锻炼了吃苦耐劳的能力，繁重的任务锤炼了务实担当的品格，最重要的是让我明白了价值的意义。作为脱贫攻坚战浪潮中的一员，我深感荣幸，也深知这道路漫长且艰难，但我将一如既往，为脱贫贡献自己的全部力量。”

- **张翼宇**

张翼宇，男，中共党员，1979年10月出生，四川富顺人，现任我校国有资产与实验室管理处物资设备采购中心主任。为增加帮扶力量，助推雅江县和中古村脱贫攻坚，推动乡村振兴，张翼宇于2020年9月起任雅江县

张翼宇

瓦多乡中古村驻村工作队队员，在扶贫的道路上，用实际行动诠释着驻村干部的使命和担当。

张翼宇到中古村以后迅速投入扶贫工作中，克服语言交流障碍、高原反应和具体的生活困难，积极适应当地生活，走访了全村 26 户群众，很快掌握了全村的基本情况。

通过前期的走访调查，他感觉到基层党组织建设是核心工作。他带领村委会，强化“三会一课”，通过重温入党誓词、组织党的知识竞赛等形式，进一步统一思想，加深了认识，加强了村党组织的凝聚力和向心力，突出了党员的战斗堡垒作用。

按照村两委换届工作要求，他进行入户走访，采用问卷调查、座谈会等形式，形成了村两委现状运行分析报告，为村两委换届提供了科学依据。2020 年 12 月，中古村顺利完成了村建制调整后的村委会换届工作，选举产生了村党支部委员 5 人，做到了人员学历的整体提升和平均年龄的下降。

张翼宇带领村全体党员重温入党誓词

入户进行村两委换届前期调查

进行农民夜校培训

检查村防火卡点的值班情况

他关注智力扶贫，坚持开办农民夜校，结合实际需要为村民开展培训，提升村民的法律意识和科学文化水平。他落实控辍保学，多次到瓦多乡中心小学了解掌握中古村学生的学习情况，积极协调、落实学校扶贫的相关政策，为16名中古村学生提供了助学金。

在乡村环境治理、森林防火及缉枪治爆的工作中，他充分发挥“万金油”的作用，真抓实干，圆满地完成了各项工作任务。2020年11月，中古村高质量地完成了脱贫攻坚的成效考核工作。

习总书记强调，接续推进全面脱贫与乡村振兴有效衔接。脱贫摘帽不是终点，而是新生活、新奋斗的起点。奋战在脱贫攻坚一线，从脱贫攻坚到乡村振兴，他始终用实际行动践行着初心和使命。

第六章

帮扶宜宾市屏山县

一、宜宾市屏山县及中坝村概况

屏山县位于四川省南缘，金沙江下游北岸，岷江下游两岸，岷江从县域东北部的屏山镇穿境而过。2020年，县域面积1 504公里^2，其中耕地面积55.3万亩。全县辖8个镇、3个乡（含2个彝族乡），行政村151个，城镇社区16个。全县户籍人口311 517人，有少数民族30个。县情具有“边远、移民、贫困、生态、后发”五大特征。一是边远山区县。屏山属盆周山区、大小凉山余脉，山地占93%，境内山岭纵横、地形破碎、土地贫瘠。二是库区移民县。屏山属向家坝水电站库区淹没重点县，淹没一座县城和近半数乡镇，动态移民近6万人。三是贫困重点县。屏山是国家扶贫开发工作重点县，全县共78个贫困村，建档立卡贫困户10 765户42 826人，贫困发生率15.7%，属整体贫困区域。2020年2月18日，经过8年集中脱贫攻坚，四川省人民政府允许屏山县摘掉“国贫县”帽子。四是生态功能县。屏山境内高山峡谷，金沙江、岷江穿境而过，雨量充沛，气候宜人，拥有1个国家级自然保护区，森林覆盖率52.9%。五是后发潜力县。屏山县城融入“宜宾半小时经济圈”“成渝2小时经济圈”，是宜宾最具后发潜力县之一。

中坝村地处书楼镇西北部，距集镇35公里，距屏山新县城37公里，海拔800～1 000米，处于高山区域，属金沙江气候，年均降雨量950毫米，年平均气温16℃，年平均日照900～1 100小时，全村面积5.6公里^2，辖6个村民小组，共有村民173户628人，其中贫困户40户142人，2014年贫困发生率为23%。贫困户主要致贫原因是病、残、缺资金、缺技术、生产基础设施薄弱、无支柱产业等。帮扶单位有四川轻化工大学、宜宾市委政研室、屏山中学。通过脱贫攻坚，2018年中坝村通过脱贫验收，已实现户脱贫和村退出，贫困发生率降为0，按期顺利实现了脱贫任务。中坝村也获批升级为中坝社区。中坝发展的农业产业有春不老萝卜、生态佛手瓜、红心猕猴桃、脆甜茵红李、林下跑山鸡、高山老腊肉、特色冷水鱼等，同时建有中坝水库、肉兔养殖场和果蔬烘干房，实现为农户增收、壮大村集体经济。

二、扶贫措施

四川理工学院
2018年对口帮扶屏山县及书楼镇中坝村实施方案

根据中共四川省直属机关工作委员会《关于增加力量进一步做好干部驻村帮扶工作的通知》要求，按照省委统一安排，2018年我校继续对口帮扶屏山县及书楼镇中坝村。结合我校2016—2017年对口帮扶屏山县及书楼镇中坝村的工作实际，特制订2018年对口帮扶实施方案。

一、主要目标

以党的十九大精神和习近平新时代中国特色社会主义思想为指导，充分发挥我校人才优势和智力优势，在产业扶贫、科技服务、教育帮扶、人才支持、资金安排、项目建设、规划服务等方面助推屏山县和中坝村脱贫攻坚工作，确保中坝在2018年达到整村脱贫摘帽标准，并成功通过验收。

二、组织保障

（一）组建领导小组。学校成立对口帮扶工作领导小组，由党委书记王洪辉、校长庹先国任组长，其他党委常委任副组长，党委办公室、党委组织部、党委宣传部、工会、团委、学生处、计财处、国资处、服务地方工作处、后管处、后勤服务总公司等部门负责人为成员。领导小组下设办公室，挂靠党委组织部，负责对口帮扶工作的组织、管理和协调。

（二）安排扶贫干部。党委组织部负责选派1名作风好、素质高、能力强的干部到屏山县挂职，任副县长、书楼镇中坝村第一书记，进行脱产驻村帮扶，实施贫困县和贫困村扶贫规划，协调帮扶资金、实施帮扶项目。学校将加强驻村干部管理和培训，提升其业务能力和水平。学校继续为第一书记落实好各项待遇，提供伙食补助、艰苦边远地区津贴等生活保障。

（三）加强监督管理。学校加强对扶贫工作的指导、督察，党委组织部定期进行驻村干部考核，对扶贫工作进行监督，建立健全对口帮扶工作目标责任制，确保帮扶工作落到实处。

（四）创新帮扶机制。学校党委会定期或不定期商讨对口帮扶重大事项，及时通报项目资金管理情况，妥善解决扶贫工作存在的问题和困难，积极协调处理校县关系，合力推进帮扶工作，确保对口帮扶工作取得更大实效。

三、主要措施

2018 年学校将继续利用好自身的人才优势、科技优势、教育资源，把着力点放在解决实际困难和问题上。

（一）结对帮扶。按照“一对一”的结对帮扶原则，完善原来制订的结对帮扶计划，由各二级学院及党群部门与中坝村 40 户建档立卡贫困户结成对子，明确各学院、部门的帮扶责任人，对贫困户给予针对性帮扶，并压实帮扶责任、落实帮扶措施。

（二）资金安排。计财处按照“统筹安排、总额控制、项目申报、审批拨付”的原则，在 2018 年安排屏山县及书楼镇中坝村对口帮扶资金。主要项目安排到美丽乡村建设、基础设施、产业发展、教育培训、文化宣传、工作保障等方面。

（三）产业帮扶。结合屏山县及中坝村农业产业发展现状，学校将充分利用自身优势，以推动屏山县及书楼镇中坝村农产品进学生食堂、进教工厨房为突破口，通过产业扶贫和“造血”式帮扶，推动屏山县及书楼镇中坝村经济持续快速发展；大力支持在学校建立屏山县及中坝村名优农产品对外交流窗口和营销渠道，争取将中坝村建设成为四川理工学院农副产品的保障基地，进一步提升中坝村名优土特产品的知名度和影响力，并支持开展电商经营；积极鼓励校友企业到屏山县及中坝村开发乡村旅游项目，充分发挥屏山县及中坝村旅游资源独具特色的优势，加快屏山县及中坝村旅游资源开发、融合发展。

（四）就业帮扶。学校人事处、后勤总公司等部门积极对中坝村开展劳务技能培训和劳务合作，按照“培训一人、就业一人、脱贫一户”的总体要求，充分利用学校公寓、食堂、环卫、保卫等就业岗位，继续开展“中坝村民就业直通车”工作，加大对中坝村村民的招工管理和培训就业等工作力度，帮助中坝村富余劳动力提高劳务技能，实现转移就业。

（五）教育帮扶。学校将利用好大学生的帮扶力量，继续组织“三下乡”暑期社会实践团队到屏山县及中坝村开展文化帮扶、教育帮扶、儿童关爱等活动；继续开展好“大手牵小手”活动，组织中坝村小学生到校参观学习，以帮助小学生开阔视野、树立志向。

（六）就业帮扶。学校将依托行业企业背景优势，促进屏山县生源地学生就业，积极鼓励引导各类人才和优秀毕业生到屏山县就业；充分发挥学校信息面广量大、渠道丰富的优势和现代信息网络作用，为屏山县提供就业信息、市场资源和政策咨询。

（七）社会帮扶。鼓励和引导学校教职员工、学生、校友前往中坝村，自愿参与爱心捐助、义务支教、志愿服务等多种形式的社会扶贫慈善活动，弘扬学校扶贫济困的良好风尚。

四、督导安排

学校将加大校领导到村指导督察的力度，学校领导至少每两个月到中坝村开展一次调研督察工作，入村检查、指导和规范驻村工作组的工作，督察扶贫工作开展情况，督办各项帮扶措施落实到位。

三、扶贫干部事迹

• 王红旗

王红旗，男，1970 年 3 月出生，四川资中人，硕士研究生，副教授。按照四川省委组织部、省委教育工委要求，受四川轻化工大学（原四川理工学院）党委安排，2016 年 1 月至 2019 年 3 月，时任学校行政办副主任的王红旗到屏山县挂职，任副县长、书楼镇中坝村第一书记，根据县政府分工，协助分管扶贫、科技、旅游工作。挂职期间，在屏山县委、县政府班子的领导下，他始终珍惜机遇，端正态度，摆正位置，学干结合，认真履

王红旗

行职责，得到了较为全面的学习锻炼，圆满完成了县委县政府安排的各项工作任务，为中坝村及屏山县脱贫摘帽作出了积极贡献。

2019 年 3 月结束挂职以后，一年多以来，他仍然继续关心支持屏山县与中坝村的扶贫工作及后续发展工作，曾 8 次去屏山县开展扶贫慰问、后扶培训、扶贫帮扶、合作对接、扶贫回访等工作，为脱贫奔小康及乡村振兴继续努力。

（一）主要事迹

1. 加强学习，积累经验提升能力

王红旗到屏山县挂职伊始，以了解屏山县经济社会发展思路及其措施、政府工作运行机制为重点，拓宽视野，深化了对屏山县的认识。他认真学习了解屏山县经济社会发展的基本状况，并通过参加县政府常务会议、县长办公会议和县委、县政府召开的各类专题会议，加深了解了县委、县政府的决策程序、信息反馈、组织协调、督促检查等机制。同时，他抱着全面学习的态度，多次参加国家、省、市、县级的各类培训学习，并虚心向县委、县政府班子成员学习请教，学习了他们的工作经验、领导方法和领导艺术。他还利用驻村扶贫、下乡调研等机会，广泛开展基层工作，深入了解掌握了屏山县农村的基本状况，提高了自身适应基层工作的能力。

2. 转换角色，完成任务提高水平

按照县政府班子成员分工，王红旗协助分管扶贫和科技等工作。在实际工作中，他坚持尽快熟悉工作、尽快进入工作主角的态度，按照工作职责的要求，自觉转变思维方式和工作方式，较快地适应了工作和生活环境，主动与县政府各位领导沟通，利用下乡调研等机会，深入基层了解状况，尽快熟悉了分管工作。同时，对不懂的地方或在工作中发现的问题，他认真思考，不断总结，改善工作方式、方法，做到从“门外汉”到内行的转变，协助分管的各项工作取得了优异的成绩。

1）扶贫工作取得新成效

由于协助分管扶贫工作，同时兼任书楼镇中坝村第一书记（后调整为驻村工作组组长），王红旗紧紧围绕中坝村脱贫攻坚这项中心任务，拟订摘帽规划方案，完善驻村工作机制，做到用心、用情、用力工作，既严格按照驻村工作要求勤奋敬业，又努力争取多方资源，使本村脱贫工作取得较好实效。经过3年多的努力，2018年年底，中坝村所有脱贫户均已达到“一超、两不愁、三保障、三有”标准，无返贫户，整村达到“一低五有”标准，即40户贫困户全部脱贫，整村退出，兑现了自己“中坝不脱贫，我就不脱手”的庄严承诺。

（1）抓党建，强队伍。一是整顿了软弱涣散的村党组织，成功完成村两委换届工作。二是完成了村活动阵地建设（即党群服务中心，面积420米^2），包含村民超市、电商中心、文化室、会议室、医疗室、便民服务中心、农民夜校等。三是严格执行“三会一课”制度，认真开展“党员活动日”、民主评议党员、“两学一做”学习教育、“7·26”重要讲话精神学习、党的十九大精神宣讲等活动。四是为党员及村组干部上好党课，以教育培训及制度约束来发挥党员干部的示范作用；五是加大了党员发展力度，培养正式党员1人、预备党员2人、入党积极分子1人。

（2）强基础，抓建设。一是实现全村各组通硬化路，硬化村组道路4.2公里，新建产业路12公里并即将硬化10公里，安装波形护栏500米。二是实现户户用上安全水，新建饮水池12口，安装饮用水管道5 000米。三是实现户户用上安全电，安装输电变压器1个、电杆5根、输电线路400米。四是实现户户能收看电视节目，安装宽带网2处并实现Wi-Fi大面积覆盖；建设广播站1个及通信广播12处，实现广播覆盖全村；安装电视卫星接收天线30户。

（3）兴产业，齐发展。一是组建注册“屏山县源升泰农民专合社”并实现实质性运转，打造了中坝绿色高山农产品品牌，通过联系四川轻化工大学、屏山中学、绿源超市等帮扶单位拓展销售渠道，将萝卜、葵瓜、冬瓜、南瓜等产品销往自贡、宜宾、内江、泸州等地，总量达50吨以上，增加了贫困户和村集体收入。二是新建标准化肉兔养殖场 1 个（占地 2.2 亩，2 016 个笼位），每年出栏商品兔 4 万余只，采用股权量化模式（贫困户和村集体分别占股），由专合社经营，运行效益良好，并有效带动贫困户开始自己喂养。三是新建小型果蔬烘干房，建设面积 80 米^2，采用电热泵烘干技术，可对葵瓜、萝卜、竹笋等进行烘干，从而延长销售周期，并可开展电子商务实现网上销售，有效解决农副产品旺产时期的销售困难。四是请四川轻化工大学对中坝村进行了旅游扶贫专项规划，结合中坝水库建设，利用山清水秀的优势，依托美丽新村建设，按照 AAA 级乡村旅游示范村进行设计，并逐步实施。

（4）抓民生，促四好。一是通过异地扶贫、土地增减挂钩、水库淹没补偿、危房加固维修、旧房改造等多种措施解决贫困户安全住房困难，新建村民聚居点安置 20 户（其中贫困户 13 户），自建房 4 户。二是全力实施“三建三改”（建院坝 16 个、花台 16 个、入户路 1 033 米，改厨 10 个、改厕 12 个、改水 3 个），共覆盖 26 户贫困户。三是修建垃圾池，配备村卫生服务队的公益岗位 11 人，安装通信广播，彻底改善村民的生活条件，通过完善村规民约，逐步改善村民人居环境，让村民逐渐养成卫生好习惯，确保“四好”目标的实现。

（5）谋发展，抓经济。一是对村集体原有的茶场、村民委员会等资产进行清理，通过采取租赁形式，每年获得固定收益 3 000 元。二是发挥好专合社职能，每年从收益中提取 5% 作为集体收益，每年可取得集体收益 6 000 元以上。三是将帮扶单位及向上级争取的资金 65 万元作为股本投入肉兔养殖场，每年进行收益分红可达到 3 万元以上。

（6）重教育，多宣传。通过多种形式加大对干部党员的教育培训力度，利用“农民夜校”开展全面教育。组织帮扶单位向照中小学捐赠设备设施价值约 2 万元，每年“六一”开展慰问活动，赠送物资 10 000 元以上。每年协调组织四川轻化工大学两支大学生“三下乡”社会实践团队到中坝村开展大学生智志扶贫工作，深受好评、影响深远。

（7）办实事，求实效。在驻村工作中特别注重为民办事服务，真正做到为百姓解难事、办实事、办好事，既耐心细致地进行讲解聆听工作，又无微不至地给予关怀，排解困难 50 余个，化解矛盾 30 余次。通过“农民夜校”对村民进行思想教育、技术指导等，既进行法律法规宣讲，又给予产业发展的指导，既进行安全防范、移风易俗教育，又建房维修，并对文明习惯进行指引，既给予就业、创业的支持帮助，又给予就学、入伍的指导咨询。注重扶危济困的资金帮扶，通过帮扶单位、帮扶责任人，对贫困户给予物资、技术、资金的全面帮扶，3 年来开展送肥料、送种苗、冬季送温暖、送电器、送衣物等活动累计 100 余次、资金达 20 万余元。利用新建成的党群服务中心，不断完善功能，努力提供多功能便民服务，含人口计生、土地民政、医保社保、证明证件、补贴保障、通信用电等多方面。

（8）守纪律，讲规矩。在驻村扶贫工作中，王红旗坚持对照做合格党员的标准，严守党的纪律和规矩，争做“守纪律、讲规矩、重品行”的表率。坚持把“守纪律”作为履行职责的基础，自己时刻紧绷一根弦，自觉遵守各项纪律。坚持把“讲规矩”作为干事创业的标准，驻村工作中坚持在法律法规的前提下开展扶贫攻坚，坚持联系实际、求真务实、脚踏实地工作。

2）校县合作取得新进展

在科技发展方面，全面推进校县科技合作。努力促成了“屏山县全域旅游发展规划及重点区域规划”工作；推进了“屏山县乡镇集中式饮用水源地保护规划”“马湖公园及滨江路水保规划”和“屏山县乡村振兴规划”等。推动落实了四川轻化工大学与屏山县相关部门、乡镇的合作，在科技支撑、人才培养、文化艺术、景观设计、方案编制等方面进行了多层次合作对接，实现了“屏山县脱贫攻坚工作能力提升培训”“屏山县富硒土壤检测”等 10 余个项目的协作。组织四川轻化工大学后勤公司向屏山中学、书楼中学及相关贫困村捐赠棉被等床上用品 1 400 余套，组织四川轻化工大学艺术团及外国留学生到屏山参与文艺展演交流 5 次。开拓思路，深入推进四川轻化工大学与屏山县相关企业的合作，与“兴诺节能”“五尺道”“米奇食品”等企业在产业升级、技术改进、新产品研发、节能减排等方面达成 5 个合作项目。指导经商科信局、屏山企业与四川轻化工大学联合做好省市科研项目的申报工作，申报了 12 个科研项目。

在旅游文化方面，借助四川轻化工大学文化艺术专业的人才优势，挖掘、提升屏山文化整体实力。一是利用学校教育优势，组织举办精准扶贫领导干部培训班，提升扶贫系统领导干部综合素质，适应新常态下扶贫工作需要。二是利用学校艺术造诣深、人才资源丰富的优势，组建校县合作文化交流艺术团队，深度参与屏山县金沙江艺术节、屏山中学文化艺术节等活动的艺术表演。三是四川轻化工大学每年派出6支大学生暑期社会实践团队到屏山开展送教育、送科技、送文化等助推扶贫工作，通过派驻“第一书记”专题片拍摄团队、电商扶贫团队、党的十九大精神宣讲团队、屏山旅游形象片摄制团队、农村产业发展调研团队，促进屏山县的发展。四是通过推广普通话团队，分别对屏山县中小学教师、机关干部开展4期共200余人的普通话培训，并组织等级考试认证工作。

3）**宣传巩固脱贫影响**

在2016—2019年挂职期间，及挂职结束以后，王红旗不但在屏山县开展多次扶贫经验交流、担任扶贫干部培训课讲师，还先后受四川省委组织部、雅安市委组织部等部门邀请，到巴中、雅安、自贡、宜宾等地参与扶贫干部培训、扶贫宣讲和扶贫经验交流，受众达2 000余人，为全省精准扶贫工作作出了贡献，也积极宣传了四川轻化工大学的扶贫经验。

工作期间，他接受宜宾市政府网站专访，讲述“大力推进屏山扶贫攻坚”主题，并于2018年代表贫困县第一书记接受新华社记者专访，他的扶贫工作事迹曾被学校网站、屏山县网站、四川教育网、新浪网、四川统一战线网、搜狐网等媒体报道。

3. 严格要求，清正廉洁树立形象

挂职以来，王红旗不断深入学习贯彻《中国共产党纪律处分条例》和《中国共产党廉洁自律准则》，发扬艰苦奋斗的优良传统，严格执行党政领导干部党风廉政建设职责制的各项规定，自觉抵制不正之风，不断提高政治鉴别力和拒腐防变的能力。切实转变作风，真正做到重事业、淡名利，坚持讲真话、办实事、求实效。在工作中坚持以身作则，在深入基层调研时，坚持不搞特殊化，不讲排场，并经常提醒自己，无论在任何状况下都要能稳得住心神、抗得住诱惑、经得起考验。牢固树立为民意识，自觉强化为人民服务的宗旨意识，切实做到了将群众的利益放在第一位，持续了党员干部高尚的道德追求。无论是在副县长岗位，还是第一书记岗位，他始终讲政治、勇担当、重作为、树形象，所作所为在干部和群众中留下良好印象，并与他们建立了深厚感情。

王红旗曾被评为“宜宾市优秀第一书记”，连续4年被评为“屏山县脱贫攻坚先进个人”。帮扶单位四川轻化工大学连续3年接受四川省脱贫验收检查均获满分，获得全省脱贫攻坚“五个一”驻村帮扶先进集体。

屏山县脱贫摘帽后向学校发来感谢信，表示“王红旗、梁勇和杨平3名同志以满腔政治热情，投身屏山县脱贫攻坚主战场，与基层干部群众同吃、同住、同劳动，把贫困村当家乡、把贫困群众当家人、把贫困增收当家事，千方百计带领贫困群众发展产业、脱贫致富，为屏山县脱贫攻坚事业发展注入的强劲动力”。

（二）“萝卜书记”的美誉

记“萝卜书记”王红旗

四川轻化工大学（2018年以前名为四川理工学院）于2016年1月派王红旗到屏山县挂职任副县长，兼任中坝村第一书记。

王红旗到中坝村的第一天晚上，村支书罗平、村主任杨军安排他在文书牟世伟家里吃饭，其中一道菜是萝卜汤，王红旗吃进嘴里觉得口感非常好，入口即化，他便记下了这个细节。

贫困户要摆脱贫困，必须发展经济增加收入，王红旗和村两委做了很多思考探讨。中坝村海拔800～1 100米，山高路陡弯急，土地零乱破碎不成片，大规模发展种植业不现实，只能发动老百姓，利用自己的家庭条件发展种植业，量上不去，成不了规模。于是他们想到发展高山生态蔬菜，学校领导也希望能在中坝村建立一个生态蔬菜基地。首先想到的是利用山形地貌大面积种葵瓜，但负责人不喜欢吃这种瓜，大面积种植其他蔬菜也很难。王红旗通过实地走访调查发现种萝卜可以，联想到在村文书牟世伟家里吃的萝卜味道，便萌生了种萝卜的念头。他在网上查阅，发现萝卜好处多多：恰好冬季土地闲置着，萝卜生存周期不长，刚好可以把闲置期利用起来；俗话说冬吃萝卜夏吃姜，萝卜是一种好的蔬菜，可以下气、消食、利尿、润肺祛痰、解毒生津，男女老少一年四季都可以吃。但萝卜品种多，如青圆脆、浙大长、秦菜一号、心里美、大红袍、沈阳红丰1号，吉林通园红2号等，种哪个品种好？他又通过广泛深入调查，准备引进南方栽培较多的名为“春不老”的品种。该品种萝卜脆嫩化渣，口感很好，几分钟可以煮熟；冬天种下去，过了春节经过雨雪以后就可以上市了。

王红旗同村两委商量，定下这个事之后，便联系了一家农资公司，用帮扶单位的捐赠资金买回种子，免费提供给农民种植，而且每亩发给400元人工、肥料补贴，并承诺帮助种植户销售出去。农民很配合，种植积极性很高。为了种好萝卜，王红旗请来屏山县农业局专家和翠屏区菜坝一个萝卜种植能手，对村民们进行栽培技术培训和手把手教授，包括如何进行后期管理、施肥打药。可能是感恩于王红旗这位热心的倡导与培育者吧，萝卜们身心愉快地健康成长，很快以超出想象的速度“长大成人”，亩产2吨左右，总产量高达400多吨。王红旗“傻眼”了：“天哪，我给老百姓承诺过，要帮他们卖出去的。四川理工学院就3.6万人，一次拉一大车去足够了，不可能天天吃萝卜啊！”瞬间，压力排山倒海般向王红旗袭来。后来，学校食堂隔一天拖一车去。通过学校工会，教职工一人认购一口袋，5公斤，以高于市场价收费。当时还没有以购代捐的说法，“反正扶贫，价高一点没关系”。有双职工或者3个人在学校工作的老师，就是两三口袋，吃起来好吃，但多了也是问题。

学校这个“大本营”销量有限，他马上打电话，通过帮扶单位宜宾市政研室、屏山中学、屏山县志办等各种渠道调动起社会各种关系，联系进宜宾的批发市场和超市。

宜宾算是王红旗的“根据地”，他的营销策略是站稳“根据地”，瞄准周边兄弟市县出击，不管是自贡、泸州、乐山，只要有高校，只要有食堂，只要有想的到的人，他都打电话求人家帮忙：“我在屏山扶贫，请你们支持一下。”同时，他还把亲戚朋友广泛地发动起来，请他们贡献关系，或者帮着联系。

一般大些的食堂，都有相对稳定的供货商，采取招标的方法采购蔬菜。王红旗就给他们求情：“扶贫，大家都要献点爱心。我们的萝卜，价格肯定比你们招标的要高一点，招标不一定招得进来。学生食堂，价格没优势，请你理解一下，你买的是贫困地区农民的萝卜，是支持扶贫工作。关键是萝卜的品质绝对好。”

经王红旗“三寸不烂之舌”的“游说”，这些学校的领导都表示理解支持。联系好后，为避免村民不熟悉校园环境，找不到地方，王红旗又亲自陪着他们去学校挨个送。

千辛万苦，费尽心神，这一年终于把村里的萝卜卖出去了。这一年，中坝4组王清文、王清友年收入达三四千元，全村人均获益300元以上。第二年王红旗动开了脑筋，虽然大家觉得萝卜的品质很好，销售渠道已基本打通了，留下的话也是“明年还要请你们多多支持帮助”，但萝卜作为“一村一品”的主打产品，要常态化地继续种植，（“我在这里帮扶可以帮着卖，要是扶贫结束我走了之后怎么办？”）最终要走上市场化的道路，让村民们学会销售，需要维护、巩固和拓展现有销售网络。再则，萝卜成熟期比较集中，一上市全都上市，时间晚了就要变老变坏。所以在卖的时候，村民们收萝卜后堆在地边上，希望赶快销售出去；但每天销量只有那么大，为此产生了一些小的矛盾。还有萝卜的水分重，外运困难，销售半径小。屏山本地有一道菜叫萝卜干炖腊猪蹄，很受食客们喜欢。王红旗想，萝卜能不能深加工成萝卜干呢？传统的萝卜干制作，是把萝卜切成条，用竹签串起来挂在墙上自然晾干。受气候影响，有的萝卜干会变黄变黑甚至霉烂，成色不好。中坝村常年阴暗潮湿，日照不长，萝卜产量又那么大，挂起来风干，难度太大；没有太阳，挂起两三天就要起霉点，效果肯定不行。王红旗想，只有用烘干的办法才行。如果用柴用煤，环保方面过不了关，用电成本又太高。他上网查资料，发现成都有一种新的热泵烘干技术，虽然也用电，但耗电很少，原理是把室外的热能聚集起来进行烘干。听说成都花水湾建成了热泵烘干房，他赶去学习取经，效果确实不错，于是决定引进该项技术。

“说到粑粑要米做”，建烘干房需要经费支撑，王红旗主动找到市政府分管副市长汇报，希望得到支持。市里有一些领导到中坝村去检查工作，说“你们村各项工作都做得不错”，王红旗就给他们汇报如何做的，并说：“现在我们的困难和问题就集中在一件事情上，想建一个烘干房，但缺少资金，请上级多多支持我们嘛！”后经上级的支持和其他多方支援，王红旗凑够20万元资金，建起了中坝村果蔬烘干房，可以烘干多种农副产品。萝卜上市的时候，能卖则卖，卖不走，就烘成萝卜干。萝卜干一是在当地出售，像屏山马草坪几家餐馆，主打菜萝卜干炖腊猪蹄，以前四处购买萝卜干，品质没有保障，现在有了保障，生意比原来好了；二是走电商的路子，在网络平台上销售。王红旗高兴地说：“现在萝卜成了中坝村一个高山生态品牌产业了。”

王红旗由此赢得了“萝卜书记”的美誉。

梁 勇

• 梁勇

梁勇，男，1975 年 9 月出生，汉族，自贡人，中共党员，大学本科，任四川轻化工大学国交处副处长（国际学院副院长）。2019 年 3 月，梁勇经组织选派到宜宾市屏山县扶贫，先后任屏山县副县长、宜宾市扶贫开发局副局长（屏山县政府党组成员、屏山县脱贫攻坚领导小组副组长），协助分管扶贫、科技、招商引资、教育、服务业发展和农民工服务等工作。在屏山县挂职期间，他认真履职，扎实工作，无私奉献，为屏山县脱贫攻坚和县域社会经济发展作出了突出贡献。2020 年 2 月，屏山县获四川省政府批准退出贫困县序列，5 月被表彰为“全省脱贫攻坚先进县”。2020 年前三季度，全县主要经济指标中有 9 项指标排名全市前两位，其中有 4 项指标增速排名全市第一。

（一）主要事迹

1. 全力奋战在脱贫攻坚一线

梁勇兼任屏山县清平乡脱贫攻坚联合党委副书记、脱贫攻坚队副队长，同时负责联系对接四川轻化工大学结对帮扶的书楼镇中坝社区的各项扶贫工作。挂职期间，他不断增强角色意识，摆正自身位置，积极主动地参与地方工作，跑遍了全县所有乡镇，了解县情、熟悉民情，听取群众意见。他积极协助四川轻化工大学筹措资金，联系完善乡镇（村）各类基础设施建设，促进其扶贫产业发展，实现产业增收。在挂职的两年半时间里，他积极协助四川轻化工大学筹措和协调资金共计 985 万元，帮扶中坝社区村组道路硬化 6.1 公里，开挖环中坝水库毛坯路 7 公里，以及完成党群服务中心、文体广场、污水处理池、宣传展板、聚居点绿化、门户广场和进村路拓宽、旅行步游道、篮球场、漫水桥等基础设施建设，打造了“春不老萝卜”“乌骨跑山鸡”等一批中坝高山绿色农产品，帮扶中坝社区以购代捐40余万元，帮扶贫困户种养殖业86户，解决贫困劳动就业36人，资助贫困学生69人，实现贫困户年均增收5 000余元。2020年8月，中坝社区高质量通过国家脱贫攻坚普查验收工作，2020年11月，圆满地通过了四川省脱贫攻坚成效检查组对省直帮扶部门和“五个一”的专项考核。

梁勇在龙华镇旭光村指导产业扶贫工作

梁勇在四川轻化工大学给清平彝族乡的少数民族学生赠送教育扶贫纪念品

梁勇在清平彝乡民族村开展异地扶贫搬迁工作

2. 积极协助搭建校县合作平台

挂职期间，梁勇积极推动四川轻化工大学与屏山开展校县合作，在扶贫、科技、教育、管理等领域都取得了良好的成效。在科技合作方面，他仅用了1个月的时间，就筹备建设了四川轻化工大学科技园（屏山）创新创业中心，并指导参与“屏山县科技企业孵化器沙龙”“科技部定点扶贫县电商致富带头人培训”等活动，还对接四川轻化工大学生物工程学院与屏山县凉露酒业联合申报农业农村领域重点研发项目，在屏山县企业产业升级、技术改进、新产品研发、节能减排等方面建立了合作项目4个。在教育合作方面，他积极组建专业团队到屏山开展普通话推广活动，对屏山县中小学教师、机关干部开展4期共200余人次的普通话培训，并组织等级考试认证工作；他还组织了6支“三下乡”暑期社会实践团队到屏山开展文化帮扶、教育帮扶，开展“大手牵小手”活动，组织80余名贫困学生到四川轻化工大学参观学习，帮助小学生开阔视野、树立志向。在他看来，屏山的师资力量和干部职工的业务能力水平对当地今后的高质量发展和脱贫成效巩固都起着关键性的作用，所以他积极对接四川轻化工大学到屏山开展了党的十九大精神专题培训、屏山县旅游专员培训、驻村帮扶力量培训、环保专员培训、东西部扶贫协作屏山县中小学骨干教师能力提升培训、重点功能生态县提升打造培训等人才培训共10余期，受众达1 000余人次。

3. 全力以赴推进协助分管工作

挂职之前梁勇一直在高校任职，工作环境与地方的差异比较大，面对新环境、新任务、新要求，他不断加强学习，熟悉情况，迅速适应，及时进入工作状态。他通过积极参加县政府常务会议、县长办公会议和县委、县政府召开的各类专题会议，加深对县委、县政府的决策程序、信息反馈、组织协调、督促检查等机制的了解，虚心向班子成员学习请教，因而在协助其他县领导分管具体工作的过程中依然能取得良好的成效。他积极参加各项招商引资活动，全力协助屏山县加快建成宜宾市千亿纺织产业集群核心基地，积极打造“西南地区最大的现代纺织城”。屏山县已累计签约纺织企业30余家，初步建立起了集纺织、服装为一体的纺织产业体系。同时，他牵头屏山富硒产业发展推广宣传工作，协助富硒产品标准申报及科技项目申报，激励产品开发，提高屏山优品、硒品知名度，促进市场主体到屏山投资兴业。

在开展联系企业“双千”工作中，他更是全心全力为自己联系的企业分忧解难，充分利用校县合作平台机遇，为企业创造良好的发展空间。其中最具代表性的就是位于屏山县石盘工业园区的香轩苑食品有限公司。该企业2019年产品总销售额仅为675万元，在调研的过程中，他了解到企业生产能力较小，产品缺乏销路并且品牌影响力较低。于是他多次到企召开专题研讨会，积极帮助企业对接销售合作，为企业发展提供了很多良好的建议。目前，该企业已扩大其生产能力并且建立起了线上线下的完整销售渠道，2020年实现销售总额2 377万元，较2019年增长了3.52倍。

（二）扶贫心声

梁勇于2019年3月下派到屏山县挂职，先后担任屏山县政府副县长和宜宾市扶贫开发局副局长（屏山县政府党组成员）。两年半的挂职锻炼让他获益匪浅，不仅丰富了阅历、拓宽了眼界，还提升了能力，总结起来主要有3点心得体会。

1. 摆正位置，认清职责使命

工作要干好，态度是关键。地方的工作环境、工作重点与工作强度与在高校工作有着较大的区别。如何调整心态，尽快适应新的工作环境是摆在他面前的第一道难题。他深知自身的短板与不足，对地方工作尤其是扶贫工作知之甚少，缺乏相关政策知识和工作经验；深知挂职不是镀金，不是享受，而是学习和锤炼；深知挂职不仅仅代表自己的能力和水平，更是组织形象的体现。他放低姿态，调整思路，理清新岗位担当的职责，明确新工作努力的方向，以饱满的精神状态投入新的工作中，任劳任怨、不计个人得失，勇挑重担。2019 年 6 月，为了加强少数民族乡镇的脱贫攻坚力量，县委、县政府调整梁勇联系全县最为偏远的清平彝族乡。该乡离县城 100 多公里，往返需要 6 个小时，而且该乡的村落地势险峻，时有山石垮落的情况。但他义无反顾，脱贫攻坚期间一直驻扎在该乡开展扶贫工作。

2. 加强学习，提升自身能力

工作要干好，学习是核心。非学无以致疑，非问无以广识。近两年的挂职锻炼使他深刻体会到作为领导干部一定要多学，多思考，要拥有广博的知识面，要博学多闻。不仅要有理论知识，更要理论联系实际，深入田间地头调查研究，亲临现场处理解决现实问题，在实践中提高处理复杂问题的能力，做到学懂吃透、为我所用。

一是向人民群众学。人民群众是历史的创造者，群众当中有着最为质朴的渊博学识。他先后到多个乡镇和村（社区）进行深入学习调研，通过与基层干部交流，与农民百姓座谈，了解了基层，了解了农村，了解了农民，同时也深刻体会到了党“从群众中来到群众中去”工作方法的必要性和优越性，领悟到唯有读懂“三农”这本书，才能读懂当下的社会，才能干好自己的工作。

二是向领导干部学。县级领导干部在长期的基层工作中积累了丰富的工作经验，对农村有着准确的宏观认识和判断。通过与县级领导干部交流和沟通，他对岗位有了新认识，体会到基层工作需要少一些按部就班，多一些敢闯敢干，少一些闭门造车，多一些“改革开放”，干工作不仅要埋头拉车，更要抬头看路。

三是向周围同志学。乡镇和县直部门的同志在长年累月的工作中积淀了丰厚的专业知识，对工作有着独到的见解。他刚来新岗位，业务不熟悉，工作无头绪，目标不明确，通过与周围同志的座谈与沟通，对分管工作有了进一步明晰的判断，也学到了诸多实用的工作方法，极大地促进了自己工作的开展。

3. 务实肯干，狠抓工作落实

凡事要立足于干，才能高效地推进工作、收获实效。在屏山县工作让他深刻体会到了“上面千条线，下面一根针”这句话的含义，基层工作点多、面广、线长，工作中需要面对的情况复杂多变，只有思路清晰、务实肯干，才能更好地促进工作的开展。由于他端正的工作态度和严谨的工作作风，他的工作从挂职之初主要协助分管扶贫、科技、招商引资工作，到挂职一年以后增加协助分管教育体育、富硒产业、农民工服务和服务业发展等。在实际工作中，他自觉转变思维方式和工作方式，认真思考，不断总结，在短时间内实现了从“门外汉”到内行的转变。

志不休者虽难必易，行不止者虽远必臻。近两年的挂职锻炼使梁勇开阔了视野，培养了更好的观察眼光和能力；丰富了阅历，学习了基层诸多的成功经验和理念；优化了习惯，增强了学习的主动性和积极性；提高了能力，积累了一些干实事、求实效的方法，逐步从“想干事”转变为“能干事、干成事”的干部。

• 杨平

杨平，男，汉族，1983 年 9 月生，四川巴中人，中共党员，四川轻化工大学川酒发展研究中心办公室主任。2018 年 6 月 29 日，杨平接任屏山县书楼镇中坝村第一书记、驻村工作队队长。他多次被评为优秀共产党员和脱贫攻坚先进个人，2020 年 5 月被评为四川省脱贫攻坚优秀第一书记。

驻村感言：真情为民、无愧于心。

俗话说得好：这奖那奖都不如老百姓的夸奖，金杯银杯都不如老百姓的口碑。这是四川轻化工大学（原四川理工学院）派驻到屏山县书楼镇中坝村第一书记杨平的口头禅，同时也作为他开展驻村工作的座右铭。

2018 年 6 月，杨平向单位主动请战，到屏山县书楼镇中坝村担任第一书记，深入基层一线从事扶贫工作。当时正值中坝村户脱贫和村退出，他

杨 平

对农村工作还不熟悉，工作的压力可想而知。但现在，他已成为中坝村老百姓非常熟知而又非常认可的杨书记，可以看出，他在中坝村是下了功夫的，书写了一张高质量的答卷。

1. 倾心倾力真帮扶

五黄六月、骄阳似火。从学校出发，坐车两个半小时才抵达中坝村。党群服务中心聚集了不少老百姓，估计是想看看这位新来的第一书记。忽然有人说："原来是这么年轻的一位小伙子啊，放着好好的城市不待，跑来农村做啥子？能不能为我们办事哟？"听着这话，他没有回应，只是冲说这话的群众笑了笑，那时，他暗下决心，一定要为群众服好务。如何能尽快了解村民的需求成为最迫切的问题。于是他迅速开展入户走访，顶着炎炎烈日，在村组干部的带领下，半个月之内便走访完了全村所有的贫困户，对每户反映的问题都记在了日志本上，这样就对村里存在的一些问题和群众的诉求有了一个初步的掌握。

中坝村 2 组贫困户田万兴，家庭人口 3 人，有户主田万兴（82 岁）、配偶徐志会（83 岁）、儿子田代晴（47 岁、一直未婚），都靠在家务农为生，且属于收入边缘户。他通过入户走访发现两位老人的最大心愿就是让儿子有份工作，能找个媳妇，解决儿子的个人问题。但因为中坝村是远近闻名的贫困村，该户又是贫困户，所以这个问题成了老大难，迟迟得不到解决。这时，杨书记想到了帮扶单位四川轻化工大学，向帮扶单位汇报此情况后，四川轻化工大学后勤服务总公司通过建立的贫困户就业直通车将田代晴招聘上岗，安排在宜宾校区食堂工作。但田代晴工作一段时间后，因感到不好照顾父母，遂有辞职想法。杨书记了解情况后，多次上门与田代晴本人和父母沟通，功夫不负有心人，田代晴最终打消了辞职的念头，继续安心上班。在杨平书记等领导的鼓励、关心下，田代晴的工作非常努力，能力不断提升，通过培训，还拿到了厨师证，收入也不断提高。后经牵线搭桥，田代晴与同事刘琼喜结连理。杨平书记再次入户时说："徐孃孃（驻村干部都亲切称田代晴的母亲为徐孃孃），祝贺啊，这下你总放心了嘛！"徐孃孃握着杨书记的手说："谢谢啊，真的太感谢你们了！"田万兴更是笑得合不拢嘴，二老高兴之情和感谢之情无以言表，感恩意识也变强了。

中坝 5 组贫困户朱义彬，是聚居点的易地扶贫搬迁户，但聚居点新房早已修好，本人仍住在老房子里面，迟迟未搬。杨平书记得知后马上去查看朱义彬在聚居点的新房，发现还没装修，新房里面什么都没有。于是他立马召集村两委开会研究，严格按照"一超六有"对标补短，发现只缺电视机，又联系帮扶单位四川轻化工大学，经请示，最终争取到一台液晶电视进行捐赠，解决了朱义彬缺广播电视这个短板，保障了中坝村顺利实现脱贫验收。

中坝村于 2018 年实现了村退出、户脱贫，40 户贫困户全部脱贫，贫困发生率由最初的 23% 降为 0，按期顺利完成了脱贫任务；同时，中坝村也升格成中坝社区。

2. 真心真情解民忧

"杨书记，今年的萝卜咋个整？"村文书牟世伟同志望着他说。杨平说："先通知各组长统计本组种

杨平开展交叉检查入户走访

植萝卜的户数和需求数量，然后村上统一购买种子发放，至于销售问题嘛，由我来负责。”12 月初，杨平就开始对接各帮扶单位，请各单位开展以购代捐，通过申请、协调、统计数量、发放萝卜等环节的落实，最终将中坝村 20 吨萝卜以高于市场价 3 倍的价格销售一空，解决了中坝村萝卜销售的难题，实现了为民增收。

杨平在四川轻化工大学发放萝卜

杨平查看灾情

一天，杨平书记在村党群服务中心撰写材料，忽然听到外面一阵吵闹声，由远而近。经了解，原来是中坝 3 组村民杨和海与卢元明因水库赔偿问题在闹矛盾，两家以前是很好的邻居关系，却因交换土地后修中坝水库征地赔偿费用在分配上意见不统一，多年的乡邻关系也彻底闹翻了脸，村上经过多次调解都未能如愿。杨平书记在详细了解了情况后，发现此矛盾难以化解的原因是两人谁都不肯先让步，于是他私下分别跟两人做思想工作，一次不成，就多次。他认为，哪怕只要做通一方就成功了一半。终于，卢元明的工作率先被做通，他再次把两人约到村民委员会，让卢元明先做出让步，但杨和海并不“买账”，矛盾依然僵持不下。后经杨书记三番五次、苦口婆心地耐心劝解，杨和海才勉强同意，最终达成共识，两人的矛盾圆满化解，笼罩在两人脸上的不悦也消失了，他们的感情和好如初。类似这样的矛盾杨书记已化解多次，如中坝4组村民曾庆友与张兴富20多年的土地矛盾问题等，于是他得到了中坝群众的高度称赞。

3. 一心一意谋发展

杨书记到村后坚持每周至少召开一次脱贫攻坚推进会，同驻村工作队和村组干部一起研究项目建设、产业发展、脱贫攻坚、乡村振兴等，为民增收，使村民脱贫奔小康。如何提升乡风文明程度，如何把中坝村早日建成幸福美丽的新村，是他在开展工作中贯穿的一条主线。

杨平与村干部讨论产业发展

他通过建立“党建＋产业＋旅游”的模式，强化党建引领带动产业发展、提升乡风文明、助推乡村振兴的思路扎实开展工作。中坝村的帮扶单位有四川轻化工大学、宜宾市委政研室、屏山中学、屏山县志办，因此涵盖了省、市、县三级帮扶单位，具有独特的帮扶优势。杨平就协调帮扶单位党组织到村开展党建活动，帮助提升中坝村党支部的战斗力，通过带动村上的人气，对外宣传村里的特色农产品、地理和旅游资源优势，取得了不错的效果，有力地提升了中坝村的知名度。杨平书记还每年组织召开中坝村返乡农民工座谈会，通过开展政策、技术、法律培训，培养致富带头人，积极鼓励务工人员回乡创业，已取得初步成效。中坝村致富带头人曾宪银已开始率先投资家乡旅游产业，为中坝村的乡村振兴奠定了基础。

两年多时间，中坝新建文体广场、聚居点绿化、步游道、环库路、防洪堤、漫水桥、污水处理池，全村现有硬化路 20 公里、太阳能路灯 33 盏。中坝村如期实现脱贫任务且升为农村社区，高质量地通过了国家脱贫攻坚普查验收，顺利完成了村建制调整改革和村两委换届选举。下一步，中坝将按照国家战略部署，大力实施乡村振兴，老百姓的生活也会越来越幸福。

如今的中坝村社区（2020 年 7 月）

· 第七章 ·

帮扶凉山州布拖县补特村

一、凉山州布拖县补洛乡补特村概况

布拖县，隶属于四川省凉山彝族自治州，位于四川省西南边缘，凉山州东南部金沙江流域。布拖县属亚热带滇北气候区，气候受季风影响较大。截至2018年年底，全县总面积1 685公里^2，辖3个镇、27个乡，县政府驻特木里镇，总人口18.9万人。

补洛乡补特村位于布拖县东北部26公里，全村面积5.1公里^2，平均海拔2 750米，耕地面积1 200亩，森林面积2 400亩，草场面积3 000亩。2018年，全村辖5个村民小组，总人口为231户1 050人，有建档立卡贫困户68户349人（其中已脱贫15户85人），贫困发生率为32.95%。

精准扶贫实施之前，补特村群众居住在“一方水土养不活一方人”的高寒山区，交通条件差，土地生产率低，以传统种养殖业为主，主要农作物为土豆、苦荞、圆根萝卜等，广种薄收、靠天吃饭，生活处于“酸菜+荞馍+土豆”的低层次温饱状态。村民大多住在石板房、瓦板房、茅草房中，房子低矮潮湿、不避风雨，无厨房、卫生间等功能配套，人畜混居现象普遍存在。

二、帮扶措施

1. 帮扶贫困户

采取摸底排查，对症下药方式帮扶。对有劳动力无技术贫困户，采取技术培训、联系企业、引导外出务工增加收入帮扶；对无劳动力贫困户，采取结对帮扶，广泛动员校内各职工、工会帮扶。

2. 产业扶持

针对补洛乡地处高原，盛产营养丰富、药用价值高的农副产品这一情况，大力扶植农特产品初加工、深加工产业化，助力乡、村集体经济发展。学校指导乡政府成立以集体经济为依托的农特产品初加工销售公司，以产业带动农业，改变以往农民种植积极性不高、收入不高、高产不高收的现实，让农民真正得到实惠。学校针对补洛乡以农牧经济为主，村集体经济一直苦无出路的情况，制定发展高原特色农产品战略，打造独一无二的高原荞米产品。学校以购代捐，帮扶金额近 20 万元。

3. 教育扶持

针对彝族学生文化知识欠缺、擅长艺体的情况，学校捐赠乒乓台、画板、画笔等，指导学校教学，培养学生学习兴趣。

4. 阵地提升

移风易俗，大力提升村委会的阵地形象。针对村民卫生习惯不好的现实，学校捐建洗澡室、冲水厕所，定期督促村民洗澡、洗衣、刷牙，教会村民使用冲水马桶，并联合县发改局，逐步在全村实施厕所改造工程。

5. “四治”并举

毒品、艾滋、超生、愚昧，曾是补洛乡攻坚克难道路上的 4 块“顽石”，要脱贫，必须移除。配合司法部门，搞好禁毒工作；配合卫生部门，搞好治病工作；配合计生部门，搞好治超工作；配合教育部门，搞好治愚工作。学校拨付一定的工作经费，配合各项工作展开。

6. 开展培训，助力村民脱贫致富

针对村办公设备匮乏、农民渴望技术的情况，学校捐赠投影仪、计算机，用于开展农技知识、党政政策等的宣讲，受到农民朋友的欢迎。

三、扶贫干部事迹

• 赵德奎

赵德奎，男，汉族，1975 年 7 月生，重庆大足人，四川轻化工大学发展规划与综合改革处综合科科长。2018 年 6 月至 2020 年 5 月，赵德奎在凉山州布拖县补洛乡补特村扶贫，任第一书记、驻村工作队队长、“四治”专员。

赵德奎

布拖县是国家“三区三州”深度贫困地区，全国脱贫攻坚战主战场之一，更是影响四川乃至全国夺取脱贫攻坚战的决战决胜地，工作、生活条件异常艰苦。

1. 推进村集体经济发展

补特村成立经济合作社，由合作社出资 10 万元，联合补洛乡其他 5 个村，共同成立鑫彝牲畜养殖合作社，年分红 2 万元。

多方筹资，发展党建、文化建设及产业发展。四川轻化工大学支持 3 万元，用于党建宣传。江油市支持 3 万元，支持村文化建设。布拖县组织部支持 100 万元，补洛乡支持 30 万元，修建补洛乡集贸市场，实现年收入 20 万元。申请国务院扶贫开发办“风力发电”项目资金 180 万元，修建风力发电厂，实现年收入 16 万元。与其他村合作，兴建砖厂，实现年分红

四川轻化工大学向补特村小学捐赠物资

补洛乡“倡树新风、感恩奋进”文化建设

赵德奎与县发改局、江油市发改局洽谈帮扶事宜

赵德奎与铁骑力士集团、补洛乡政府一起为生猪养殖场选址

补特村获批国务院扶贫开发项目资金 180 万元，建设光伏发电场

2万元。与正邦集团、铁骑力士集团合作，准备兴建生猪养殖场。

赵德奎与县发改局、江油市发改局洽谈帮扶事宜，获县发改局支持30万元修桥2座，江油市发改局支持3万元，进行村文化建设。

2. 相关治理工作

一是禁毒工作。布拖县由国家禁毒委重点关注县连降2级，禁毒成效显著，开展的工作主要有：人盯人，所有驻村干部、村干部实行1人盯1人（吸毒、涉毒人员）；每月尿检；每月谈话1次（含视频谈话）；配合禁毒委，开展社戒社康工作、绿色家园工作；开展技能培训。

补特村“千村万户”禁毒大宣传大教育活动

二是防艾工作。2年工作，实现艾滋犯病率下降2个百分点，新增病例为0。开展的工作主要有：以奖促健康工作，定期对按时报备、按时吃药人员实行物质奖励；宣传健康知识；与村卫生院合作，对犯病人员定期检查。

补特村防艾知识宣讲大会

三是控辍保学工作。彝族地区学生失学、辍学极其严重。工作2年，实现适龄儿童失学、辍学率为0。开展的工作主要有：采用“接对子”模式，对接

补洛乡补特村控辍保学工作会

帮扶责任人与适龄儿童；与县教育局、补洛乡中心小学组成联合工作组，普查适龄儿童；政策宣讲。

3. **扶贫工作**

扶贫工作主要有：每月开展专题技能培训2次；每月开展农民夜校2期；帮扶责任人每天入户1次（贫困户）；每月走村入户宣讲政策；计算农民收入，想办法脱贫；填写收支台账、帮扶手册；修建安全住房。

赵德奎走村入户、了解农民需求

赵德奎向农民宣传土地增减挂钩项目政策

赵德奎向村民宣讲安全生产知识

农民夜校

驻村工作队日常工作会议

赵德奎详细记录贫困户的每一个需求

安全住房选址

了解闲散人员

4. 感悟

布拖县现已摘帽，所取得的成绩离不开国家的扶贫政策、村民的自身努力、帮扶干部的艰苦付出。脱贫后的农民对党有感恩之心、对帮扶干部有感谢之情。帮扶干部很感动，一次彝族帮扶行、一生彝族民族情。

补特村驻村帮扶“大回访”座谈会

- **雷绪田**

雷绪田，男，汉族，重庆璧山人，1977 年 4 月生，中共党员，四川轻化工大学图书馆综合科科长，2020 年 2 月到凉山州布拖县补洛乡补特村担任扶贫驻村第一书记、驻村工作队队长。

2020 年 2 月，新冠肺炎疫情还未得到有效控制，雷绪田接到派驻帮扶任务后，不顾疫情影响，第一时间赶赴帮扶所在地——凉山彝族自治州布拖县补洛乡补特村。

到岗后，脱贫攻坚已经进入冲刺阶段，加上新冠肺炎疫情影响，他已没有时间在新的工作、新的生活环境中进行调整和适应，立刻进入紧张的工作状态。由于时间紧、任务重，他吃住在村，工作处于“5+2”“白 + 黑”模式。

雷绪田

1. 尽快熟悉村风民情

在到岗之初，他白天查看资料，询问当地村组干部，夜晚走村入户，克服语言障碍，实地了解村风民情，通过近 1 个月的努力，基本掌握了全村情况，完善了村人口信息表。

2. 开展脱贫政策宣讲

由于当地群众文化水平普遍较低，对党和国家脱贫政策了解不多，为进一步提高广大村民对扶贫政策的知晓度、满意度，助推脱贫攻坚顺利完成，他通过举办农民夜校、入户宣传等方式，开展教育扶贫、健康扶贫、产业扶贫、就业扶贫、金融扶贫、基础设施扶贫等优惠政策宣讲，通过宣讲活动，让广大农牧民群众看到了党和政府带领群众脱贫攻坚的决心，消除了大家“等、靠、要”的思想，增强了脱贫信心，密切了干群关系。

雷绪田入户走访吸毒人员家庭

雷绪田晚上入户走访了解贫困户家庭情况

雷绪田开办农民夜校进行政策宣传

雷绪田入户进行种植、养殖补助政策宣传

雷绪田晚上入户进行脱贫政策宣传

3. 开展文化娱乐活动

为丰富群众文化娱乐活动，雷绪田每周在村活动室组织开展各种文化娱乐活动，如观看电影、读书、唱歌、跳达体舞等。

组织村内儿童观看电影

布拖县文化局举办文化下乡活动

组织村民欢跳达体舞

4. 推进危房改造

实现农村贫困人口住房安全有保障，是贫困人口脱贫的基本要求和核心指标之一。受疫情影响，2020 年补特村乃至布拖县在安全住房建设上严重滞后，2020 年又是脱贫攻坚最后一年，为顺利完成脱贫任务，实现党和国家对全世界的庄严承诺，安全住房建设成为重中之重。

在安全住房建设最紧张阶段，雷绪田需要每天查看并上报安全住房建设进度，协调人工、材料等各个环节，最终，在规定期限内，完成了安全住房的建设工作。

2020 年，补特村完成集中修建安全住房 137 套（其中贫困户 68 套），农户分散自建 9 套，进行安全住房改造 77 套，全部如期完成。

每日查看并上报安全住房建设进度

查看并指导村民进行“三建四改”

5. 开展禁毒踏查

布拖县之前是全国毒品问题挂牌整治地区，种毒、贩毒、吸毒现象严重。经过近几年的大力整治，目前这些问题已得到根本性扭转，2020 年通过了国家禁毒办验收，摘除了“毒帽”。虽然摘除了“毒帽”，但禁毒工作仍将长期持续下去，所以他持续进行禁毒宣传、禁毒踏查。

雷绪田与驻村工作队进行禁毒踏查（一）

雷绪田与驻村工作队进行禁毒踏查（二）

6. 清理鱼塘

补特村原有一口鱼塘，因年久失修，已完全失去养鱼、蓄水的功能，村委及村民一直希望将鱼塘清理出来，可用于村集体养殖或者用于出租增加村集体经济收入，但因缺少资金，未能实现。2020 年，借浙江对口帮扶布拖县之机，雷绪田筹措到维修资金，将鱼塘恢复，在恢复蓄水、养鱼功能的同时，增加了村集体经济收入。

雷绪田查看鱼塘清理进度

雷绪田查看清理完成后的鱼塘

7. 筹措捐赠物资并组织发放

为进一步转变群众的观念意识，改善群众生活质量，感党恩、听党话、跟党走，增强群众打赢脱贫攻坚战的信心与决心，各帮扶单位及社会各界人士热心帮助贫困地区，积极捐款捐物。2020 年补特村接受捐款 25 万元，所捐物品包括衣物、太阳能热水器、床、衣柜、碗柜、桌椅、高压锅、清洁用品等。这些捐款和物品在驻村工作队及村两委认真组织下，全部公开、公平、公正地发给需要的贫困群众。

发放四川轻化工大学捐赠的衣物

发放太阳能热水器

发放床、衣柜、碗柜、桌椅

发放高压锅

发放清洁用品

发放清洁工具

8. 开发公益岗位，提高贫困户收入

利用村集体经济收入及接受的捐赠资金，村里开发了大量公益岗位，主要从事全村公共区域清洁卫生工作，在切实提高群众收入的同时，有效地改善了全村环境卫生状况。

发放公益岗位工资

·第八章·

帮扶自贡市沿滩区刘山乡

一、自贡市沿滩区刘山乡

（一）刘山乡概况

刘山乡（2019 年撤销，其所属行政区域划归永安镇管辖）位于四川省自贡市南部、自贡市沿滩区西南部，辖区面积 17.82 公里^2，人口 13 682 人（2017 年）。辖区内有 7 个村、1 个居民委员会、73 个村民小组。刘山乡主要旅游景区（景点）有草雕观光园、樱花观赏基地、十里桃源等。

全乡有贫困人口 339 户 1 164 人，贫困村 1 个（立志村，2016 年摘帽）。2014 年，全乡脱贫 99 户 352 人；2015 年，脱贫 32 户 126 人；2016 年，脱贫 87 户 307 人；2017 年，脱贫 29 户 98 人；2018 年，脱贫 92 户 281 人。

（二）立志村概况及贫困情况

1. 基本情况

自贡市沿滩区刘山乡立志村属于典型的偏远小山村，距刘山场镇 6 公里，村域面积 3.26 公里^2，耕地 1 808 亩，有 11 个村民小组。2016 年，全村有农户 567 户，总人口 2 328 人。全村建档立卡贫困户 114 户 399 人，贫困发生率 17.4%；存在光棍多、道路差、项目少、村穷人难管等诸多问题。

2. 贫困成因

一是班子缺乏战斗力。班子成员总体年龄偏大，文化程度偏低，理论学习、知识更新较慢。在处理具体事务时，他们容易以经验代替知识，不能较好地服务全村发展。二是基础设施薄弱。村道断头路多，公路等级偏低，路窄坡大，边沟排水不畅；区域内部分山坪塘、囤水田、渠道等水利基础设施滞后，农业生产靠天吃饭，大旱之年人畜饮水困难。三是内生动力较弱。立志村产业结构单一，生产技术落后，以种植水稻、玉米等农作物为主，经济作物种植少，全村无集体经济收入，农民增收困难。四是文化卫生设施建设不足。立志村文化设施严重不足，全村仅有一间简单的农家书屋，书籍量少质差；仅有一个村级卫生站，设施简单。五是社会保障偏弱。

村内残疾人较多、危房较多。大多数残疾人几乎无经济来源，属于低收入者，生命财产安全得不到保障，住房条件亟待改善。

具体而言，该村 114 户贫困户中，76 户因病因残而贫，13 户因缺乏劳动力而贫，6 户因学而贫，19 户因缺资金和技术而贫。

二、扶贫干部事迹

• 刘丰荣

刘丰荣

刘丰荣，男，汉族，1983 年 10 月出生，四川自贡人，中共党员，四川轻化工大学党委巡察办副主任。2014 年 11 月至 2017 年 3 月，受学校委派，刘丰荣挂任自贡市沿滩区刘山乡（2019 年整体并入永安镇）党委副书记，期间于 2015 年 8 月至 2017 年 3 月挂任自贡市沿滩区刘山乡立志村结对帮扶驻村工作组副组长。

1. 驻村帮扶期间的主要工作

（1）宣传政策，发动群众。刘丰荣与工作组一起通过走访入户、院坝会、村民代表会等形式积极开展政策宣讲，重点做好党的十八届四中、五中全会和习近平总书记关于脱贫攻坚的重要讲话精神，省委十届六次、七次全会和市委十一届十一次全会精神，省市“十三五”时期经济社会发展的指导思想、目标任务和重大举措等精神的宣讲工作，尤其对脱贫攻坚各项政策措施给村民进行了详细的讲解，使留守在家的绝大部分村民深刻了解了党委政府对于打赢扶贫攻坚战的信心和决心，充分调动了群众脱贫致富奔小康的主观能动性，为下一步各项扶贫项目的开展打下了坚实的思想基础。

（2）抓好班子，提升水平。为加强服务型党组织建设，学校相关人员会同驻村工作组，通过召开支部会、党员大会，了解基层党组织工作开展情况，以院坝会的方式广泛征求党员群众对支部工作及村两委工作的意见

副校长肖兴政为刘山乡农民讲解政策

建议，协助村两委对收集的意见建议进行整改和落实，帮助村两委建立健全相关的规章制度并实行政务公开，提高村级民主管理的科学化、制度化、规范化水平。为切实提高基层党员干部的能力素质，工作组组织党员干部对精准扶贫的相关政策要求进行学习，参加学习的党员干部达150余人次，提高了服务水平。为充实班子力量和壮大党员队伍，工作组对在家的优秀青年进行宣传鼓励，争取他们作为村级班子和党员队伍的后备人才，增强班子和党员队伍的能力水平。同时为加强工作保障能力，提高村两委办公自动化水平，刘丰荣协调学校为立志村赠送了两台液晶电脑和一台打印机，以提高村两委的办事能力和水平。

（3）统筹规划，确定项目。在前期广泛调查研究、广泛征求意见、广泛争取各方支持的基础上，刘丰荣与沿滩区交通局及工作组协商，确定从基础设施建设和种养殖业发展两个方向进行帮扶。他协调学校在立志村成立了四川理工学院精准扶贫产业发展基金会，首期投入产业发展基金10万元，对贫困户采用无担保、无抵押、无利息的借用方式，帮助贫困户开展小规模的种养殖业发展；同时拟通过各种方式，动员各种社会力量注资到基金会，扩大基金规模，为精准扶贫提供更大的资金支持，目前正在制定完善的基金使用办法，以保证资金发挥最大效益。在种养殖业发展方面，结合全村的产业发展规划与实际，工作组初步筛选确定了特色小米辣、本地高粱等种植项目，免费向农户提供种子；对收获的农产品，由学校和区交通

刘丰荣陪同校党委副书记龚敏考察扶贫项目

运输局按略高于市场价格回收，以解决农产品滞销难销的问题。

（4）走访调查，建立台账。刘丰荣积极开展走村入户、调查摸底，了解掌握本村经济发展、产业结构、贫困人口分布、基础设施建设等情况。他与沿滩区交通局共同协商，科学谋划，确定扶贫帮扶项目。经过考察和调研，工作组基本确定了以完善基础设施建设、加强加快种养殖业发展为工作重点的扶贫措施。根据"五个一"情况，他组织学校帮扶责任人针对我校负责的 15 户贫困户商定脱贫措施，统筹协调开展各项帮扶活动，顺利实现贫困户脱贫摘帽。同时，他联系协调学校领导、相关部门领导到立志村开展工作调研 10 次。

（5）工作上移，服务全乡。作为刘山乡挂职党委副书记，刘丰荣积极参与刘山乡"樱花节"开幕式各项工作，先后两次组织原黄岭学院和艺术学院参与了"樱花节"开幕式表演。

2. 驻村帮扶任期结束返校后的工作

2017 年 4 月，结束驻村帮扶任期回校后，刘丰荣具体负责全校定点帮扶工作，积极协调处理省、市、区相关单位有关屏山县中坝村、雅江县瓦多乡中古村和沿滩区立志村、回龙村精准扶贫工作。他撰写扶贫总结汇报材料、报送进展情况及统计各类数据，协助相关部门开展各类帮扶工作，做好 2017 年至 2020 年省委教育工委对我校定点帮扶工作的考核准备工作，保证了学校扶贫工作的顺利开展。

王自超

• 王自超

王自超，男，汉族，1986年12月出生，四川自贡人，中共党员，四川轻化工大学学生工作部（处）学生教育管理科科长。2017年4月，王自超被四川轻化工大学党委派驻自贡市沿滩区刘山乡任回龙村党支部第一书记兼立志村驻村工作组副组长。到任后，在学校党委和地方党委政府的坚强领导下，他以坚定的理想信念、饱满的工作热情，和两个村的党员干部群众一起致力于脱贫奔小康，“夯实了一个基础、实现了三个振兴”，获自贡市2018年“优秀第一书记”“盐都新青年”和2017—2019年度沿滩区“党建书记”等荣誉称号。

1. 夯实党建基础，全区“后进”变先进

王自超到任前，回龙村党支部可谓软弱、涣散，是全区的“后进”支部。到任后，王自超从改善硬件条件、强化思想引领和加强组织建设3个方面入手，实现了软硬件条件和治理效能的跨越式发展，并成功创建党支部为“基层党建示范点”。

（1）改善硬件条件。他组织新建了150米^{2}具备“1+6”综合服务功能的党群服务中心，又从学校争取到价值7.68万元的全套办公设施设备和4万元党建工作专项经费，彻底改变了支部的硬件条件。条件改善了，支部活动第一次有了称心的阵地，老党员张富声每次开展支部活动都说：“这要感谢轻化工大学，感谢王书记！”

王自超查访水灾受灾情况

（2）强化思想引领。党支部是否能发挥好带领全村脱贫

新建的回龙村党群服务中心

攻坚的堡垒作用，关键是全体党员“以人民为中心”的思想是否到位。结合“两学一做”“不忘初心、牢记使命”和“大学习、大讨论、大调研”等主题活动，王自超带头认真学习贯彻习近平新时代中国特色社会主义思想，树牢“四个意识”，坚定“四个自信”，做到“两个维护”，学习宣传贯彻党的十九大精神、习近平总书记来川视察重要讲话精神和四川省第十一次党代会精神等，从思想上加强了党的建设的学习，为发挥支部引领脱贫攻坚作用打下坚实基础。

（3）加强组织建设。党的十九大报告指出，党的基层组织是确保党的路线方针政策和决策部署贯彻落实的基础。为扭转支部软弱、涣散的情况，王自超将“三会一课”、主题党日和党员志愿服务等制度落到实处；着力促进班子团结，落实好民主集中制，做好党员发展；带领支部党员积极参与乡村环境治理、环境保护检查、交通秩序维护和农旅产业发展等，让党组织在基层治理和地方发展中真正发挥政治引领作用。

经过努力，回龙村党支部实现连级跳，创建为基层党建示范点、先进党组织，支部 1 名党员被评为“自贡市优秀共产党员”。工作考核在 2018 年已被评为全乡第一，实现了从敬陪末座到荣列第一的跨越。回龙村 3 组组长刘盛富说："大家都能看到，是王书记让我们村有了明显进步。"

2. 推动产业振兴，乡村旅游有特色

习近平总书记指出，发展产业是实现脱贫的根本之策。针对两个村的产业特点，结合自贡市的产业特色和沿滩区柑橘、花椒"两个 10 万亩"目标，王自超提出在回龙村以"灯彩耀天下，香柚甜万家"为主题，重点打造彩灯之乡文化创意产业园和柑橘产业园；在立志村以花椒、西瓜、中草药、肉猪和龙虾为重点，打造脱贫攻坚产业集群，带领村民脱贫致富。

在回龙村，他带领村班子重点配合建设四川省重点项目——彩灯之乡文化创意产业园，发展草雕特色旅游，实现文旅融合、农旅融合。每年草雕节旅游人数在 40 万人次以上，实现"灯彩耀天下"。全村从事彩灯行业的务工人数在 500 人以上，带动新增就业 100 多人。其中，贫困户、低保户等困难群众 20 余人。

同时，他带领村班子在回龙村红丰蜜柚专合社设立党员结对帮扶岗，承办"金柚采摘节"开幕式，均取得良好的效果。2018 年 11 月，四川轻化工大学校工会开展以购代捐活动，向刘山乡红丰蜜柚专合社购买了近 3 万公斤柚子。他借助学校捐赠的柑橘产业基金和第一书记工作经费，争取致富带头人开展配套捐助，建立柑橘产业基金，发动老百姓自种柑橘 200 亩，实现"香柚甜万家"。

王自超到富顺考察引进甜糯玉米新品种

他还和自贡彩灯之乡集团党支部签署联建协议，发挥党的政治引领作用，共同开展学习党的十九大精神等活动；合作推进产业发展，共办彩灯技术培训基地，3 年累计培训彩灯制作工人 600 余人次；在上级支持下，以村集体产业基金入股中国彩灯之乡文创园，为集

王自超参与沿滩区 2018 年"第一书记——我为乡村代言"活动

体经济每年增收 8 万～ 10 万元。

在立志村，他着力发展花椒、西瓜、中药材种植和生猪、龙虾养殖等，构建扶贫产业集群，使贫困户人均增收 1 000 元以上。同时，他积极配合地方党委政府开展赏花节、十里桃源采摘节、农产品推介等活动，为产业发展带动脱贫攻坚、乡村振兴作出了积极贡献。

3. 促进民生振兴，脱贫攻坚有成效

第一书记首先要讲党性，"为人民服务"是党性修养的重中之重。其中，服务人民最紧要的是服务民生。王自超曾说："我是从农村走出来的，对农村有感情。"到村后，人们问起王书记在哪，最常听到的回答就是在贫困户家中。2017 年 7 月 26 日，自贡市普降暴雨，回龙村突发水灾，王自超第一时间赶到现场，救助被困群众；一次走访，王自超得知贫困户代阿姨腿脚不便，不能赶集卖出手编草帽，便主动承担起转卖义务；听闻贫困户徐师傅想承包 30 亩水田种稻谷，但缺少本金，他立即帮其争取产业发展金；郭婆婆的孙子拿到高考成绩，他主动帮忙，帮孩子选了满意的学校和专业；看到贫困户刘家洪住房倾危，他便立即联系帮扶单位沿滩区档案局助其解决住房难题；看到有的贫困户棉被破旧，他就从学校争取了 300 套床上用品……这样的实事一件件办下来，群众从心里把王自超当成了贴心人和主心骨。

王自超给贫困户送床上用品

王自超聚焦贫困村“一低五有”、贫困户“一超六有、两不愁、三保障、四个好”开展各项工作，完成各批到户项目补助、“六改三清”和“雨露计划”申报等工作。2018年，回龙村和立志村的贫困户已实现全员脱贫，脱贫户各项指标逐年巩固提升，无返贫情况发生。贫困村立志村顺利接受2018年、2019年脱贫省检，各项工作获检查组领导高度评价。他负责的工作在检查中均为“零差错”。

在新冠肺炎疫情防控战的关键时期，王自超进村入户宣讲防疫政策

4. 带动文化振兴，乡风文明有亮点

结合创建省级“四好村”的要求，落实党的文化方针，王自超多举措推动回龙村、立志村文化振兴。他充分利用四川轻化工大学和自贡彩灯之乡集团的资源，牵线搭桥开展各类文化活动；弘扬文明新风，办好农民夜校，特别是开办农民夜校少儿班，为留守儿童补习科学文化知识；组建乡村舞蹈队，丰富农村妇女的闲暇娱

王自超慰问贫困户

化学与环境工程学院大学生志愿者在农民夜校少儿班教孩子们学剪纸

乐生活；评选文明家庭，发挥模范家庭的带动作用；组建文明宣讲团，助力创文工作。

背靠四川轻化工大学这棵“文化”大树，在学校党委的支持下，他广泛开展了乡村文化建设活动。继续教育学院为刘山学校培训 7 名骨干教师。学校师生也多次入村助力脱贫攻坚和乡村振兴：校团委设立刘山乡暑期社会实践专项；师生志愿者助力回龙村、立志村开办农民夜校少儿班；2018 年 10 月，学校师生承办刘山乡第五届“金柚采摘节”开幕式文艺表演活动；美术学院先后多次送春联和国画下乡，民俗灯文化普及基地师生进村宣传自贡传统彩灯文化；化学与环境工程学院、计算机科学与工程学院、数学与统计学院等多个学院进村入户开展社会实践和志愿服务活动……

一个个独有的文化活动，让两个村都成为远近闻名的文化新村。至今，立志村和回龙村均被创建为省级“四好村”。立志村村主任李桂英说：“王队长来了我们村后，风气都变好了。”

李代琼

• 李代琼

李代琼，男，汉族，1982 年 10 月出生，中共党员，工学硕士，四川轻化工大学科技处成果管理科科长。2020 年 3 月下旬，李代琼被四川轻化工大学党委下派到沿滩区永安镇立志村开展驻村帮扶工作，任驻村帮扶工作队副队长。帮扶工作期间，他始终认真贯彻落实中央、省、市、区委关于脱贫攻坚的决策部署，聚焦精准扶贫、精准脱贫，立足本职，积极作为，深入脱贫攻坚一线，以党员标准严格要求自己，真抓实干，出色地完成各项帮扶工作，得到了贫困户及派驻地区基层组织的一致好评。

1. 强化学习，以先进理念指导帮扶工作

帮扶期间，他认真学习十九届四中、五中、六中全会精神和中共四川省委十一届七次、八次全会精神以及习近平关于扶贫、脱贫、乡村振兴的系列思想，结合省委教育工委、省委组织部和自贡市、四川轻化工大学关于结对帮扶的要求，旗帜鲜明讲政治，牢固树立“四个意识”，坚定“四个自信”，做到“两个维护”，严格执行中央八项规定精神，守纪律，讲规矩，始终保持清廉本色。

李代琼参加四川省教育工委组织的驻村扶贫干部培训

李代琼到简阳火烧庙村交流学习扶贫特色产业发展

同时，他还注重实践学习，积极参加各类业务培训及交流学习，将学习中得到的先进理念与帮扶工作深度融合，创新工作思路，在村产业发展、村容村貌治理等方面提出了系列有效举措，为进一步巩固扶贫成果、助推乡村振兴、实现立志村高质量发展奠定了坚实基础。

2. 精准施策，扎实开展结对帮扶见实效

（1）精准摸排，准确定位扶贫目标。为因地制宜、因户施策开展帮扶，李代琼在帮扶过程中将情况摸排作为工作重点，多次深入立志村各组与建档立卡贫困户及村内其他村民、村两委密切接触开展深入调研及交心谈心，了解贫困户及村两委在扶贫巩固阶段的工作情况、实施成效、群众满意度等。同时，他还积极与永安镇主要领导及扶贫工作分管领导深入交流，全面了解立志村脱贫现状和存在的主要问题，在全面梳理立志村整体发展思路基础上，结合村产业发展实际和永安镇帮扶工作主要思路，将学校工作与帮扶工作结合，充分发挥和利用我校人才、科技、教育和服务地方经济建设优势，从产业发展、科技服务、教育帮扶、人才支持、党建结对等方面，制订精准翔实的帮扶工作计划，并在组织领导和后勤保障方面落实保障措施，推动实现致富奔小康的发展目标。据不完全统计，李代琼在帮扶期间深入贫困户交心谈心650余人次，协调各帮扶责任人、帮扶单位领导到村蹲点督查指导超过百次，帮助制订的脱贫攻坚帮扶方案和村振兴发展方案均得以顺利实施，在基础设施改善、村容村貌提升、村公共服务能力提升、基层堡垒作用发挥等方面都取得了一定实效。贫困户在主动发展产业、增强致富信心等方面有很大改观。

（2）以党建为引领，重视思想帮扶。在帮扶过程中，李代琼坚持“扶贫先扶志，治穷先治愚”的工作理念，依托党建阵地强化宣传引导。2020年他积极与学校帮扶领导小组协调，组织帮扶责任人及学校美术学院、科技处、学生处等部门到村开展感恩

李代琼走访贫困户开展全面摸排

学校美术学院到村开展文化下乡活动

主题教育、讲党课、廉洁文化下乡、彩灯艺术普及、资助贫困大学生及孤寡老人、大学生创新创业实践、慰问贫困户等活动共计 11 次，覆盖党员及群众 600 余人。通过各类活动的开展，他以党建为引领，不断增强群众脱贫致富的信心和脱贫帮扶的感恩之心，在思想教育、精神文化生活等方面实施精准帮扶，实现以活动为纽带，党建活动育人的良好成效。

（3）以产业为抓手，拓宽增收途径。帮扶中，李代琼充分发挥学校“扶智”优势，在全面剖析立志村花椒种植、龙虾养殖、经济作物种植、彩灯制作等产业现状基础上，多次与管理学院、经济学院、土木工程学院、科技处、后勤集团沟通协调，组织专家在花椒品牌打造、产品包装、电商营销等方面形成调研报告并提出发展建议；在永安镇的彩灯园区规划、彩灯制作人员培训等方面，依托我校彩灯普及基地人才及资源优势，为地方彩灯产业发展贡献力量；在花椒小镇的前期可行性研究分析方面，建言献策。此外，他还通过大学生创新创业渠道，为村里贫困户及集体经济产业在农资打假、农药残留监测等方面提供指导和技术支持。在加强“扶智”帮扶的同时，他还通过以购代捐、食堂采购等方式，为贫困户花椒销售、农产品及畜牧产品销售搭建渠道，2020 年协调相关单位通过集中采购或分散采购，共计向立志村采购扶贫产品（包括跑山鸡、手工艺品、花椒、龙虾、淡水鱼、黑山羊等）价值约 4 万元。

（4）以深入走访为突破，真情帮扶到户。结合驻村工作组年度帮扶方案及学校帮扶工作安排，李代琼和学校帮扶责任人密切配合，根据贫困户实际情况因户施策，与贫困户共同商量制定帮扶措施，通过实地走访、交心谈心、产业指导、政策宣讲、礼品慰问、帮扶就业等方式，为农户创建增收长效机制。他还在常态化走访过程中了解贫困户生活状况、存在的问题和困难，融入群众，切实解决贫困户的思想问题和关心的重大问题，不断提高帮扶对象的满意度和幸福感，为帮扶工作的进一步巩固奠定了坚实基础。

李代琼深入花椒产业园调研特色产业发展情况

邀请西南大学专家到村指导青钱柳栽培技术

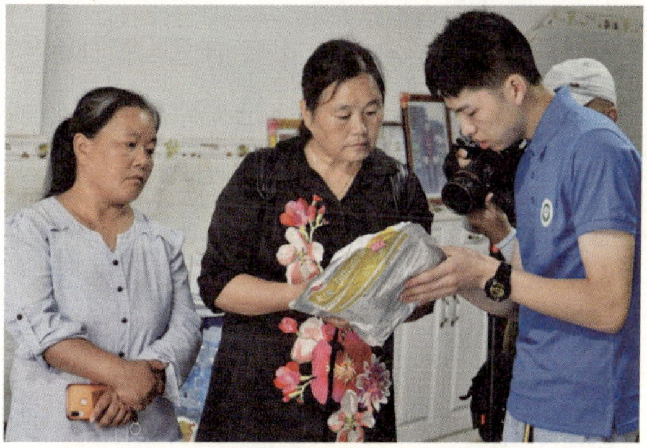

组织社会实践学生到村开展农资打假技术普及

在落实帮扶责任人工作中，李代琼主动以“三情四有”干部标准严格要求自己，敢于攻坚、怀着感情、沉下身子去帮扶贫困户。村里五保户李耳安老人，年龄91岁，在得知该老人因摔伤生活无法自理后，他积极协调村两委和组内干部，联系其外嫁女儿，认真落实其生活起居、就医等事宜，并在第

李代琼与村两委干部一起协调刘声福妻子就医问题

李代琼到帮扶对象王益湘老人家照料其日常生活

一时间送去慰问金和慰问物品，帮忙打扫居住地卫生，落实各类帮扶政策，让老人家顺利度过生病困难期。村内贫困户刘声福的妻子常年患病在床想得到医治，但刘声福本人思想观念陈旧，认为该病无法医治且自身经济困难，抱着“等、靠、要”的思想，希望得到补贴，却坚持不送妻子就医。李代琼得知情况后，和村两委及其他帮扶人员一起，多次深入刘声福家中，从帮扶政策宣讲、思想观念转变、实际困难解决、看病就医保障、医院联络、家中牲畜变卖等方面，扎实开展工作，为其落实特别困难补助，提升低保金等，最终让刘声福的妻子如愿住院治疗并控制住病情。

2020 年，在走访过程中李代琼共协调解决老人赡养问题 2 起、农户纠纷 6 起，动员解决自贡市挂牌督导的医疗帮扶贫困户 2 户外出就医，并在子女就读、外出务工人员的法律援助、农业技术培训、土地流转合同洽谈、留守儿童帮扶、孤寡老人帮扶等方面开展了系列工作，切实为农户提供帮助，解决了农户难解决、想解决、重点关注关心的问题。

（5）以示范引领为手段，形成帮扶工作的长效机制。帮扶过程中，他积极动员村内集体经济组织、企业等在解放思想、产业发展、提升就业及提高收入方面做好引领示范，积极带动后进人员共同解放思想实现脱贫致富，在帮扶过程中形成了“村干部 + 驻村工作队 + 帮扶责任人 + 示范引领人+农技帮扶人+帮扶单位”的工作机制，共同推进落实帮扶工作，巩固帮扶成效，从思想及行动上实现帮扶。

身为一名党员领导干部，李代琼从来都只谈挑战、不提困难，只要效果、不说付出。他以实际行动与村两委及其他帮扶人员一起，用真心和实际行动感染着立志村的党员干部和贫困户，全心、全意、全力投入脱贫攻坚工作之中，为沿滩区立志村脱贫攻坚做出了应有贡献。